# ORE THE END OF THE GAME

CHARACTER FILE 003

## 羅本

遊戲角色：罪犯／左牧的搭檔

軍人

具有道義精神，但並非正義使者，會視情況判斷自己的行動，重要時刻也有可能背叛同伴。

槍械專家，近戰不強，擁有很強的狙擊能力，基本上只要扣下扳機就不會失誤。

# BEFORE THE END OF THE GAME

CHARACTER FILE 004

# 研究學者

## 邱珩少

遊戲角色：玩家

只對自己有興趣的人事物執著，比起和真人互動，
對資料數據更感興趣，是不折不扣的研究狂。
十分聰明，自我意識高，不擅長和他人合作。

GOBOOKS
& SITAK
GROUP ©

GOBOOKS & SITAK GROUP ©

三日月書版

三日月書版

草子信
illust 日々
遊戲結束之前
ゲームが終わる前に
III
—抉擇禁止—
三日月書版
輕世代 FW346
BEFORE THE END OF THE GAME

遊戲結束之前
ゲームが終わる前に
BEFORE THE END OF THE GAME

# CONTENTS

# BEFORE THE END OF THE GAME

## CHARACTER FILE 001

私家偵探

**左牧**

遊戲角色：玩家

喜歡耍小聰明，充滿心機的利己主義者。受人委託參加遊戲，有冷靜分析和觀察的能力，雖說是普通人，但對血腥畫面習以為常。

# BEFORE THE END OF THE GAME

## CHARACTER FILE 002

### 兔子

遊戲角色：罪犯／左牧的搭檔

個性古怪，偶爾會表現出懦弱的一面，但戰鬥時卻可以面無表情地將人殺害。

原是無主罪犯，遇見左牧後主動接近他。對左牧有相當強烈的占有欲，是個讓人捉摸不透的神祕男子。

殺人魔

BEFORE THE END
OF THE GAME
楔子
ゲームが終わる前に

「各位玩家早安，由於近期玩家人數銳減，原本依照規定，應該暫停遊戲將玩家人數補齊，但主辦單位經過內部會議後，決定維持目前的人數繼續進行遊戲，直到有玩家取得五把鑰匙勝出為止。

「下一次鑰匙爭奪任務將於五天後開啟，敬請各位玩家留意時間。爭奪戰前一晚主辦單位會透過系統將規則告知各位玩家。

「祝各位平安順心，本次早晨臨時報告到這邊為止。為彌補各位的時間，本日的遊戲將於中午開始進行，請各位玩家在中午前盡快離『巢』。」

聽完報告的左牧，露出了疲憊的神情。

他還想說為什麼一大清早布魯就把他挖起來，原來是主辦單位有臨時通知，才會把布魯當成鬧鐘，強迫玩家起床。

看了一眼時鐘，現在差不多凌晨六點左右，天空才剛亮沒幾分鐘。

聽見主辦單位的報告後，左牧百般無奈地扶著額頭，長聲嘆息：「那些混帳有錢人，看來是懷疑我從何尚的『巢』拿走了什麼東西，否則不可能突然改變遊戲模式。」

何尚死後，他帶著兔子和羅本到廢棄的「巢」調查。當時的他並不確定自己要找的東西究竟是什麼，會前往調查也只是因為第六感作祟。

他一直在思考，邱珩少盯上何尚的理由是什麼。如果單純只是為了把他跟黃耀雪釣出來，先把最沒戰力的兩個人解決掉的話，根本沒必要追殺到正一的基地，不惜放火燒掉那個地方，也要把人揪出來。

產生懷疑之後，不管看什麼事情都覺得有不對勁的地方，於是他決定去何尚的「巢」查看情況。

結果，當他們抵達那裡的時候，何尚的「巢」早就已經被毀得面目全非，成為一堆碎瓦，只有位於地下室的武器庫完好無缺，但那裡的武器都沒有被動過的跡象。

看到那幅景象，不只是他，就連羅本都已經察覺出對方的意圖。

很明顯，摧毀「巢」的人是想抹滅不想讓任何人知道的祕密。而從武器庫沒有被動過這點來看，那個人並不缺武器，甚至根本不在乎。

在這座島上，明明武器是最有價值的物品，就算是沒有鑰匙的菜鳥，持有的基本武器也能夠拿來當作談判的籌碼。多虧這點，左牧很快就推測出可疑的人選。

在那殘缺不堪的「巢」中，左牧原本不奢望能找到什麼線索，沒想到兔子卻很幸運地找到了一個隨身碟。

幸虧隨身碟卡在縫隙中，沒有多少損傷，讓左牧依靠著自己的菜鳥技術，簡單修復了裡面的資料。只不過裡面都是加密檔案，想要破解的話，至少要讓李克那樣的駭客來處理才行。

雖然他有想要跟博廣和說這件事，但在他確定何尚的「巢」是被誰破壞之前，任何人都不能信任。

左牧皺起眉頭，心情糟糕到極點的時候，袖子突然被旁邊的人輕輕扯了一下。

他轉過頭，對上那雙清澈的藍色眼眸，被他眼中的擔憂拉回思緒。

「沒事的，不用擔心。」左牧伸手搓揉他柔軟的頭髮，「只不過覺得事情似乎又回到原點，根本毫無進展……」

兔子突然精神一振，用力拽住他的手腕，把左牧整個人拉到懷中緊緊抱住，模仿著他的動作，反過來用力揉著左牧的頭髮。

「什……痛、痛死了！」

兔子的動作一點也不溫柔，卻讓左牧的心情輕鬆不少。

剛做完運動路過客廳的羅本看到這兩人的互動，雖然已經習慣，仍是露出不解的神情。

當左牧和他對上眼的瞬間，羅本尷尬地說道：「不好意思，打擾了。」說完，他便默默退回房間，留下沒來得及解釋、依舊被兔子當成布娃娃抱在懷中的左牧。

早晨一如既往，而左牧的心情也一如既往地複雜。

自從之前他被擄走開始，兔子的黏人程度就越來越誇張，甚至不管羅本的存在，整天跟在他屁股後面。

羅本早就已經習慣，偶爾還會用關愛的眼神盯著他們。

不用問也知道，羅本的腦袋裡肯定有著什麼天大的誤會。

「快點給我放手……混帳兔子……」

左牧無奈地掩面嘆息，然而兔子卻不領情，反過來用可憐兮兮的眼神看著他。

被這樣的眼神盯著，即便是左牧也毫無抵抗能力。

最後，他只能放縱兔子的任性，盡全力裝作沒這回事。

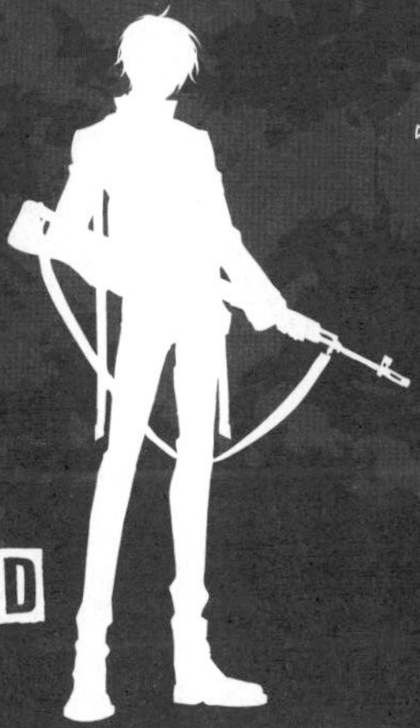

BEFORE THE END OF THE GAME

# 規則一：島上存在監視死角

ゲームが終わる前に

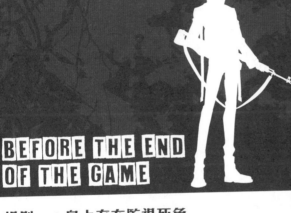

主辦單位發布的最新公告，很快就成為玩家們的熱門話題。

在中午前，左牧就被強迫加入小組會議，坐在客廳用視訊和其他人討論。不過他幾乎沒開口，而是默默聽著其他人的口舌之爭。

「主辦單位會做出這個決斷，顯然是想快點結束遊戲。」皮膚黝黑的男人，依舊大言不慚地說出自己的看法，「反正焦點本來就不在我們身上，而是邱珩少他們。」

「你還老樣子不太擅長使用大腦呢。」姬久峰輕推眼鏡，不屑一顧，「邱珩少根本不打算離開這裡，另外那個持有四把鑰匙玩家也不知道躲在哪，想結束遊戲就只能靠我跟廣和。」

姬久峰和博廣和目前各持有三把鑰匙，是離結束遊戲最接近的兩個人，但想要贏得五天後的鑰匙爭奪任務，如果沒有其他人的協助根本不可能。

只不過，現在沒人知道下次任務會是什麼內容，也很難保證主辦單位不會出怪招或是改變原本的做法。

讓人如此不安的焦躁感，才是讓玩家們聚集起來討論的主要原因。

至少比起之前，他們現在更有團隊意識，而且也有非常明確的敵人。

「雖然持有三把鑰匙的我們競爭力比較高，但仍不能大意。」博廣和一開口，就讓正在爭吵的兩人安靜下來。

他們雖然表情寫滿不快，卻仍乖乖妥協，這讓左牧有些困惑。真不知道博廣和是怎麼做到的，竟然能讓這兩個目中無人的固執傢伙安靜下來。

「總而言之，沒有我跟小牧的事吧？」黃耀雪一副置身事外的態度，悠哉地說，「我可不允許你們把小牧牽扯進來，五天後的鑰匙爭奪任務，我們只當旁觀者。」

被邱珩少盯上的人，不單單只有博廣和，左牧也是目標之一，在場所有人都知道這件事。

所以當黃耀雪提出這個意見的時候，所有人都抱持反對意見，包括左牧本人。

「依現在的情勢判斷，沒有人能夠置身事外，就算我不參加，邱珩少也會找上門來。」

「是、是沒錯啦。但可以找個地方躲起來啊，你家兔子不是很擅長躲藏嗎？」

「你是要我永遠躲著不要出來？我可不想當懦弱的人。」

左牧的話，很快就讓黃耀雪安靜下來。他雖然露出不滿的表情，但也沒辦法，畢竟左牧說的話多少有些道理。

「躲起來不行，又不能在外面到處亂跑，那你打算怎麼做？」

「不用把心力跟注意放在我身上，那只是在浪費時間。」

「我怎麼可能放你一個人不管！」黃耀雪大聲反駁，表達內心的不爽，但很快就被其他人帶開話題。

每個人都有各自的想法，卻沒有任何交集。

左牧越聽越煩躁，果斷給出結論：「與其在這邊討論猜測，還不如等主辦單位通知，知道遊戲內容才能想出破解的辦法。這次他們會特意選在前一天告知，就表示遊戲規則應該和之前有很大的不同。」

其他人對此沒有異議，因為他們都無法否認這個事實。

每個人心裡明明十分清楚，現在討論根本沒有任何的幫助，卻仍因不安而將自己的猜測全部丟出，希望獲得一些反饋。

「總而言之，現在應該確定我們是同一陣線的伙伴了吧？」正一直接指出最重要的一點，並向在場所有人要求口頭上的承諾。

其他玩家都表示同意，唯獨左牧和黃耀雪沒有出聲。

「左牧先生。」

博廣和突然出聲喊左牧的名字，左牧抬起頭，對上他的視線。

雖然沒有直接詢問，但左牧很清楚，博廣和在等待他的答覆。

「……我會照你的意思行動。」

這並不是滿分的答案，可是對博廣和來說已經足夠了。他笑著對其他人說：

「那麼就麻煩各位了，我會繼續觀察邱珩少的行動。」

「廣和，你別太勉強。邱珩少那混帳最主要的目標就是你。」姬久峰忍不住婆婆媽媽的性格，又開始對博廣和碎念起來。

感覺這兩人的交情還不錯，至少在這群人當中，只有姬久峰能如此自然地面對他。

黃耀雪見左牧同意，也只能不滿意地咋舌：「既然小牧這樣說了，那我也沒有理由拒絕合作。但我話先說在前面，我相信的是小牧而不是你們，如果小牧離開，我也會跟著走。」

「野狗還真愛跟在主人的屁股後面。」

「你說什麼？眼鏡混帳！」

一如往常，姬久峰和黃耀雪又吵了起來。

眾人習以為常，左牧也悠哉地咬著三明治，等待這場沒有多大意義的視訊會議結束。

好不容易熬過一個小時，他才終於擺脫了這些人。最後他們似乎在討論到要去各處搜刮武器的樣子，但左牧並沒有興趣加入。

他的手邊只有兔子和羅本兩個罪犯，加上之前找到的武器，再怎麼說都還是能夠熬過這次的鑰匙任務。

中午的離巢時間一到，他讓羅本去負責調查那名罪犯的下落，自己則是跟著兔子到處亂逛。由於知道邱珩少把自己當作目標，他也不敢太招搖地隨意行動。因為和博廣和的交易，加上想要找到失蹤玩家的線索實在很困難，所以左牧也只能寄望於下一場鑰匙爭奪任務，並保住博廣和的性命來換取情報。

姬久峰曾說過，博廣和是抱持著玩樂的心態來到這座島上。然而，如果真如他所說，那博廣和為什麼會那麼認真尋求他的幫助？

「唉，為什麼事情越變越複雜了？我原本還以為委託很簡單的說。」這絕對是左牧接過的尋人委託中，最棘手的一次。

兔子看到左牧大聲嘆氣的模樣，不知道該如何是好，慌慌張張地揮舞雙手，不知所措。

「你別緊張，這是我的個人問題。只是覺得這件事背後好像比我想得更加複雜，覺得有點心煩而已。」

兔子知道自己幫不上忙，沮喪不已地抱著膝蓋坐在他身邊，無精打采的模樣讓人心生不捨，但對左牧來說，裝可憐是沒有用的。

「想要自保的話，果然還是得多找幾個搭檔吧？」

他只不過是隨意說說，沒想到兔子立刻用猙獰的目光，惡狠狠地盯著他。

那份嫉妒已經不只是表現在肢體語言中，而是用全身上下認真地傳達出來。

左牧原本只想開個玩笑，誰知道兔子竟然這麼認真。

「我隨口說說的，沒事，我不會再找人了啦！」

他才剛說完，兔子立刻笑彎眼眸，周圍的氣氛馬上從緊張轉變為小花朵朵開的愉快氛圍。

左牧實在不知道該說什麼才好。

「雖然我已經很清楚你對我有多麼執著，但太過積極可是會把人嚇跑的喔。」

兔子歪頭，眨眨眼睛，似乎不太懂這句話的意思。

左牧嘆口氣：「別以為我不知道，你雖然老愛裝傻，實際上卻不像表面那樣愚蠢。」

兔子直接把他這句話在腦中翻譯成「我很了解你」，於是開心不已地抱住他，不停在他胸口磨蹭，就和大型寵物沒什麼不同。

「總之，現在要來想想該怎麼處理這個東西。」

左牧從衣服裡面拿出隨身碟，他不想把這麼重要的東西留在「巢」中，所以就把它當成項鍊掛在自己的脖子上。

不過，總覺得比起他自己，放在兔子身上好像更安全。

「兔子，這次的鑰匙爭奪任務絕對要贏，至少要先拿到三把鑰匙讓你開口說話，繼續用平板和你溝通太麻煩了。」

雖說這是他的階段性目標，但他還是十分擔心主辦單位葫蘆裡究竟在賣什麼藥。

兔子看到左牧胸口掛著的隨身碟，指著它，然後再指指自己。

經過一段時間的相處，左牧多少能看懂一些他的肢體語言了。

「你有辦法？」

兔子點點頭，但左牧卻不太相信。

難不成，這隻兔子還有其他他不知道的技能？

才剛產生這個可笑的想法，兔子突然把他整個人抱起來，以飛快的速度從原地起跳，像泰山一樣帶著他在樹枝間飛躍前進。

無論這種移動方式重複多少次，左牧仍然沒辦法習慣，直到兔子停下來之前，他的腦袋都是空白一片、無法思考的狀態。

最後，兔子帶他到達的目的地，更是讓他下巴落地，久久不能回神。

「兔子，你帶我到這什麼鬼地方啊！」

兔子很自豪地扠著腰，但左牧卻完全沒辦法稱讚他。

不知道為什麼，兔子竟然把他帶到了這個看起來像是防空洞的荒廢地區。

這裡是島嶼的角落，地理位置相當不起眼，而且周圍什麼都沒有，全是岩壁山谷，萬一待會有什麼怪物跑出來他都不會覺得奇怪。

兩人雖然離開得突然，但兔子沒忘記要隨身攜帶和他溝通用的平板。

他快速打字，亮給左牧看。

「**我朋友。**」

簡而有力的三個字，讓左牧驚訝不已。

「你……有朋友？」

兔子點點頭，指著岩壁旁邊的小道路。

那條路的寬度雖然能讓兩個男人並肩走，但一側是高聳的山壁，另一側是緊鄰大海的陡峭懸崖，就算路面夠寬敞，這種高度還是足以讓人腿軟。

可是比起這個，更讓他感到不可思議的，是兔子有朋友這件事。

兔子再次拿起平板。

「他可以處理那個。」

他從左牧的衣服裡把隨身碟拿出來，接著又打了一行字。

「這個人可以相信。」

左牧當然不可能隨便把這麼重要的東西交給陌生人，但他願意相信兔子。反正他也不知道該怎麼處理，更不想把它交給無法信任的人，還不如就照兔子的意思，去見見這位傳說中的「朋友」。

這時，他才突然意識到，原來自己比想像中還要更加信任兔子。不過，兔子的警覺性本來就比他高很多，能讓他信任的對象，應該不會有什麼危險才對。

左牧跟著兔子，小心翼翼地沿著山壁旁的小徑往下走。說真的，如果不是因為兔子一直拉著他的關係，只有他一個人的話根本走不了。

往下走了沒多久，他就看到面對大海的那面岩壁上有個洞窟。

這裡距離海面雖然還有些高度，但海浪已經能夠拍打上來，若是漲潮的話，海平面應該會和洞口平行。

真的很難想像，在這種地方居然藏著人。而且那條小徑，若不是兔子特別指出來，普通狀況下根本不會發現。

「居然會躲在這種地方……兔子，你沒耍我吧？」

他知道兔子不會隨便把他拐到這種杳無人煙的地方，更不可能害他陷入危險的境地，所以他實際上還是很放心的。

兔子緊緊抓著他的手，帶著他默不作聲地走入漆黑的洞窟。

黑暗中，左牧看不見任何東西，兔子卻很快習慣了黑暗，引領著他繼續前進。往前走沒多久，兔子便停下腳步，接著就聽見他輕輕敲打鐵板的聲響。

才剛想問他在做什麼，眼前有道門突然打了開來，強光刺得他睜不開眼睛，只能傻傻地被兔子拉進去。

隨著身後傳來的關門聲，左牧才終於恢復視力。

這是個有著挑高天花板的半圓形空間，一樓擺放著各種儀器和電子設備，二樓則有張簡陋的床和盥洗設備，從洞窟外觀，真的很難想像這裡居然可以住人。

「這是……什麼地方？」

「是之前的玩家保留下來的基地。」

回答他的聲音，從二樓傳了過來，左牧緊張地抬起頭，愕然發現那張床上竟然躺著一個人。

男人頂著一頭亂髮，慵懶地打了個哈欠。雙眸半垂，瘦骨如柴的身軀有氣無力地駝著背，幾乎和活屍沒什麼不同。

他看見左牧的時候，不太高興地皺起眉頭，隨後轉向兔子興師問罪：「我雖然說過你可以自由進出，但沒說你能帶人來。」

兔子拿起平板寫道：「幫忙。」

因為距離有點遠的關係，他特意把這兩個字寫得又大又清楚。

男人搔搔頭髮，大聲嘆息：「幾個月沒見，你跑來第一句話就是要我幫忙？是把我當成好用的道具了是不是？」

無奈歸無奈，男人還是乖乖走下樓梯，從左牧的面前走了過去。

左牧有些尷尬，總覺得這個人不太好應付。

「你好，我叫左牧。」

「我知道你是誰，而且對你一點興趣也沒有。」男人一屁股坐在電腦前面，朝他伸出手，「你來的目的，應該不是和我打招呼吧？」

左牧用眼角餘光掃過螢幕上的畫面，雖然不能百分之百確定，但他心中多少還是猜到了答案。

「監視器……這座島上的監視系統不是只有主辦單位能夠控制嗎？」

男人冷眼掃過他，原本想要吐槽，但看見兔子站在旁邊，只能乖乖把話吞回去。

「不只監視器，這座島上的系統我也能控制，不過為了安全起見，我只進行觀察。」

「你能控制？怎麼可……」

「因為我原本是設計這座島的程式設計師之一。」

出乎意料之外的答案，讓左牧瞬間傻眼。沒想到兔子的朋友，來歷竟然如此誇張。

「那為什麼你會躲在這裡？」

「想也知道是為了保命。」男人冷哼道，「當時幫我逃出來的，就是站在你身邊的那個傢伙。」

「是兔子救了你？」

「大概是判斷我還有別的用處吧。」男人整個人靠在椅背上，雙手環胸，「連這個地方也是他幫我找的，不過那傢伙把我扔在這就離開了，雖然偶爾會跑來，但從不停留，頂多看看我是不是還活著。」

「你為什麼逃走？」

「當然是想要離開這個荒謬至極的地方。」

「你……告訴我這些事沒關係嗎？」

「那傢伙有多麼重視你，我可是看得一清二楚，要是不幫你的忙，肯定會被殺掉的。」男人指著螢幕，明確告訴左牧，自己什麼都看得見。

左牧想了下，把隨身碟拿出來遞給對方。

沒想到男人看見這個東西後，露出了驚訝的表情。

左牧看見他的反應，感到有點意外，看樣子男人似乎知道這個隨身碟的來歷。

只見男人將隨身碟緊緊握在手中，皺緊眉頭：「這是我幫別人做的東西，照理來說應該已經被銷毀了才對，為什麼會在你手上？」

雖然他可以觀看監視器的畫面，但不可能把所有事情都看得一清二楚，畢竟他只有一雙眼睛。

會用「監視器」作為藉口，就是想測試左牧的反應。沒想到對方比他想得還要更加沉著冷靜，應該是早就看穿他的目的。

「是兔子撿到的。」

「兔子……」男人的眼神往兔子的方向瞟過去，輕拍額頭，「哈啊，真麻煩。我可是千辛萬苦才活下來，但為什麼麻煩老是找上我？」

從剛才的對話，左牧猜測這個男人應該認識何尚，不過他並沒有打算質問對方。

「我想要看這個隨身碟裡有什麼東西，既然是你做的，就表示你能破解加密地資料吧？」

男人突然對左牧產生戒心，開口提問：「你要這裡面的資料幹什麼？」

「你對撿到的東西難道不好奇嗎？」左牧的理由十分正當，且不帶笑容的認真態度，很快就讓對方信服。

考量到他是兔子帶來的，男人似乎不打算繼續追問下去。

「我可以幫你把資料解密，但你得答應我一件事。」

「什麼？」

「別把我捲進去。」

左牧能感覺到，這個男人真的只想安靜生活，完完全全當一個局外人。對他來說，只要能活下去，除此之外什麼都不重要。

「難道你不想離開這座島？」

「沒有人能夠離開這座島，所以我不打算白費力氣，而且我還有其他事要做。」

「其他事？」

「與你無關。」男人轉身背對他，將隨身碟插入主機，「給我三十分鐘，解密之後你給我立刻滾出去。」

玩家的位置都在主辦單位的掌控之下，左牧待在這裡的時間越久，他被發現的機率就越高，這對他來說是非常致命的。

「嗯，我明白了。」左牧只想要裡面的資料，所以這點小要求對他來說並不過分。

兔子見兩人終於結束討論，便拉著左牧到旁邊的石桌坐下來休息。不知道為什麼，他看起來特別開心，眼眸笑得比平常還要燦爛。

男人說話算話，果真在三十分鐘內就把解密完畢的隨身碟交還給左牧。左牧也不拖泥帶水，和兔子迅速地離開洞窟。

拿到線索的左牧並不急著想看裡面的資料，反正他們也得在外面待一段時間，於是乾脆回到兔子之前住的山洞裡休息。

兔子很高興能夠回到自己的老窩，不停忙進忙出，像是招待客人一樣。

這一天，就在非常悠閒、沒人打擾的情況下平安結束了。其間，左牧甚至還小睡了一陣子。

那些平常喜歡突然冒出來煩他的人都不在，也沒有半個人和他聯絡，但左牧對這種情況並不是非常意外，他知道這些人十之八九是在為鑰匙任務做準備。

畢竟除了備齊能夠對付邱珩少的戰力之外，武器也是重要的必需品。

在夜禁前，兔子和左牧回到「巢」，而羅本也早就在外面等待兩人。

「羅本。」

「你們還真準時啊。」

三人回到「巢」後，羅本和左牧很快就開始互相交換資訊。當然，今天最大的收穫，就是解密完成的隨身碟。

由於不想被主辦單位知道裡面的資料，兔子的朋友還好心地送給他一臺全新的平板，那是沒有網路系統的封閉裝置，除非拿到本體，否則不可能看見平板裡的資料。

當羅本聽到有這種人物存在的時候，頓時嚇了一跳：「我還以為那傢伙沒朋友呢。」

「我也是我第一次聽見他用『朋友』這個詞。」

「他真是個令人驚喜不斷的男人啊。」羅本不由得對兔子感到佩服。

兔子整個人趴在左牧背上，對羅本的評價一點興趣也沒有，對平板上的資料更是視若無睹。

左牧和羅本仔細地看完資料後，臉色變得越來越難看。

「喂，左牧，這東西……」

「為什麼何尚會有這些資料？」

隨身碟內的資料，是主辦單位的內部名單。

不只如此，裡面還有參與這場遊戲的相關人員、資金流向等等，甚至還有所有死亡玩家的紀錄。

簡單來說，這份資料是能夠對外揭發這個殘酷遊戲最有力的證據。但令人困惑的是，何尚究竟從哪裡取得這些資料的？就連曾經偷溜進中央大樓竊取資料的羅本，也無法取得如此詳盡的機密。

難道何尚其實比羅本還要厲害？不，絕對不可能，如果真是這樣的話，他不可能會死得那麼慘。

但如果邱珩少也知道這些資料的存在，那麼他追殺何尚的主要目的，應該就是這個隨身碟。

可是無論怎麼揣測，左牧的心中仍存在一種異樣的感覺，就好像遺漏什麼重要的事一般。

「看來，這東西才是真正害死何尚的原因。」左牧關掉平板，開始苦惱。

這份資料簡直跟核武器差不多，要是被主辦單位還有邱珩少知道的話，他肯定會成為首要目標，到時候就輪到他性命不保了。

「居然拿到最不該拿到的燙手山芋啊……」

「隨身碟是在何尚的『巢』撿到的吧？我比較好奇，他是從哪拿到這些資料的？」羅本百思不得其解，但就算想知道，人也已經死了，沒辦法再問出答案。

左牧也有同樣的困惑，雖然不太願意，但他恐怕得再去找兔子的那位「朋友」徹底問清楚。何尚如何取得資料的原因，恐怕就只有那個人知道。

「你今天調查的怎麼樣？」

「大海撈針是很困難的，而且自從那次之後，就沒有人再見過他，我猜大概是凶多吉少。」

「也被滅口了嗎……」

「主辦單位想要殺死面具型罪犯簡直易如反掌。」羅本用手指輕敲兔子脖子上的電子項圈，「只要在這座島上，無論距離多遠都能立即啟動。」

羅本接著說道：「不過也才剛開始找而已，一切還很難說，我會盡我所能努力的。」

「那麼明天你先跟我去見見那個男人。」

「不，我去的話很可能會造成反效果，你們去就好。」

「我覺得光是看到我，就已經是十足的反效果了。」左牧長嘆一聲。他真的很不想面對，但想取得更多情報，就只能硬著頭皮往前衝。

總而言之，兔子會保護他的，至少不會讓他遇到危險……吧？

男人的反應完完全全在左牧的預料之內，當他看見自己的瞬間，整張臉頓時臭到不行，總讓左牧有種對不起他的感覺。

「你來幹什麼？」

左牧感受到滿滿的拒絕，但為了釐清事實，他只能硬著頭皮問道：「關於那個隨身碟，我有事情想問你。」

聽見左牧的回答，男人稍稍收起銳氣，側身讓兩人進去。

「你是想知道隨身碟原持有人的事？」

「嗯，裡面的資料……是跟主辦單位有關的機密文件。」

「我知道，因為那傢伙一直很想毀掉這個地方，所以才會請我幫忙。」

「你是說何尚？」

「何尚？」聞言，男人皺緊眉頭，露出疑惑的表情，「為什麼會提到那傢伙？他不是死了嗎？」

這句話令左牧瞪大雙眼，難不成他從一開始就猜錯了？

「這個隨身碟是我在何尚的『巢』找到的，難道不是他的東西？」

「當然不是，我怎麼可能幫那傢伙做這麼危險的事？而且他個性膽小，根本無法反抗主辦單位。」男人雙手環胸，「這個隨身碟，是我替阿國做的。」

「阿國？」左牧喃喃念著這兩個字，帶著忐忑不安的心情，緩緩開口：「你說的『阿國』，該不會是指呂國彥吧？」

「就是他。」

得到意外的答案，左牧的內心再次掀起波瀾，心中那股莫名的違和感也漸漸得到解答。

原來，他完全想錯方向了。

這名叫做「呂國彥」的男人，正是他被委託尋找的那名失蹤玩家。

左牧陷入沉思，緊皺眉頭，完全不理會身旁的兩人。

男人見左牧的表情起了變化，稍稍產生了一絲興趣：「你該不會認識阿國吧？」

左牧有點猶豫到底要不要坦白，於是在回答之前，先轉移了話題：「我覺得邱珩少在找的東西就是這個隨身碟，所以持有它的何尚才會被殺害，如果照這個方向推測的話，難道邱珩少是主辦單位的人？」

「在你回答我的問題之前，我不會替你解答任何事。」男人雙手環胸，態度相當堅決。

兔子聽見他的回答後慢慢拔出軍刀，眼神變得凶狠無比，就像要把人生吞活剝。

雖說這份壓迫感讓人心生恐懼，可男人沒有因此退縮：「殺了我，你想要的答案就得靠自己去找了。」

左牧將手掌貼在兔子的胸口上，以溫和的態度對他說：「我不認識呂國彥，但我是來幫他的。」

「幫？人都死了有什麼好幫的？」

「你確定他死了？」

「從那種地方墜入大海，沒有人能夠活下來。」男人瞇起眼睛，態度相當堅決。

左牧並不覺得他在說謊，本來他就覺得呂國彥存活的機率很低，只是現在有人親口肯定，讓他更加確信了自己的猜測。

也就是說，呂國彥明知道自己會死，卻在死前把最重要的隨身碟交給何尚，自己則是偽裝成為誘餌自殺，好讓主辦單位誤以為資料已經隨著他的死亡而銷毀。但好死不死，隨身碟在何尚的手裡的事情，被主辦單位意外發現，所以才會讓邱珩少去殺人滅口？

話雖如此，也還是不能斷定邱珩少和整件事有所關聯。

「跟呂國彥相關的事，你知道多少？」他心中所有的問題，都只能靠眼前這個人來解答。

若他說的是真的，就代表他得認真想辦法活著逃出這場遊戲，否則接下來面臨死亡的人，很有可能就會是他。

「你決定要坦白了嗎？」男人勾起嘴角，一副勝券在握的模樣。

雖然很欠揍，但左牧也沒有選擇的餘地。

「總而言之，先告訴我你的名字吧，我總不能老是用『你』來喊你。」

男人起先有點猶豫，不過很快就妥協接受。

他曾經相信呂國彥能夠逃離這座島，所以才出手幫助他，然而最後卻只是做了場美夢。但左牧給他的感覺，又讓他重新燃起這個奢侈的希望。

就算口頭上說過自己不想離開這座島，但如果有那麼一絲機會的話，他不想錯過。

「我是徐永飛。」他指著左牧的鼻子，認真提醒：「千萬別把我的名字說出去，萬一被主辦單位發現，無論是我還是你都會死得很慘。」

「沒問題，畢竟我也想活著離開這個鬼地方。」

徐永飛鬆了口氣，對左牧放鬆戒備，甚至還替他倒了杯咖啡：「雖然比不上『巢』的高級品，但至少還能喝。」

左牧從他手裡接過咖啡，喝了一口，等待著他即將告訴自己的情報，靜靜聽著，在他來這座島之前發生的故事。

# BEFORE THE END OF THE GAME

## 規則二：主辦單位不允許直接干涉遊戲

ゲームが終わる前に

從徐永飛那裡得到的情報至關重要，替他省下不少功夫。

起先他也懷疑過徐永飛會不會說謊，但在兔子的保證下，他覺得被騙的機率應該不高。

雖說徐永飛想要隱瞞，可仍藏不住他想活下去的渴望。

事實也和他猜測的差不多，只不過他猜錯對象，何尚只不過是個倒楣鬼，失蹤的呂國彥才是真正的主角。

他為了取得主辦單位的資料，對外揭發這座島上發生的事情，因而惹禍上身，成為被獵殺的目標。

而那場罪犯集體殺害玩家的事件，背後主導者應該就是主辦單位。為了掩蓋事實，利用面具型罪犯來追殺呂國彥以及逃亡的徐永飛，只不過其他的玩家們並沒有發現實情。

呂國彥知道自己逃不了，就把藏有資料的隨身碟隱藏起來，結果卻被何尚意外撿到，成為下一個被獵殺的倒楣目標。

至於邱珩少，徐永飛說他不可能和主辦單位聯手，因為根據遊戲規則，主辦單位不可以介入玩家之間的鬥爭，所以當時才會利用面具型罪犯來追殺呂國彥。

不知道邱珩少想讓何尚死的真正原因是什麼，左牧對此也沒有興趣。他已經得到最想掌握的情報，如此一來，找那個罪犯以及和博廣和合作的事，他都可以選擇無視。

但百分之百相信一人之言這種事，左牧做不到。而且博廣和似乎還知道些什麼，若能順著線索繼續挖掘下去，就能更加肯定徐永飛的話是真是假。

回到「巢」之後，左牧將徐永飛給的情報以及自己的結論告訴羅本。

「也就是說，我們還是只能找到那傢伙才能問清楚事實。」

「嗯，但這恐怕很困難。」

羅本口中的「那傢伙」，就是當時背叛呂國彥，引發那場玩家虐殺事件的面具型罪犯。

左牧雖然也是這樣想，只不過難度太高，就連他也無法保證能不能找到人。

他繼續和羅本討論接下來的目標，但最終兩人仍沒有得出新的結論。

羅本索性轉換話題，改口問道：「說起來，這次的鑰匙任務你有什麼打算？」

「等聽過內容之後再決定，但我一直有種很討厭的預感。」

「我也是，那些傢伙在想什麼真的很難預料。」羅本邊說邊看向兔子，「不過我想，有他在應該沒什麼太大的問題。」

雖然他們只有三個人，但不代表沒有贏的機會。

人少有人少的好處，更何況，他們現在並不是孤立無援。

「總而言之，我現在的目標是取得鑰匙。」

「你終於要開始認真玩遊戲了嗎？」羅本故意這樣說，一半是開玩笑，一半是試探。

像左牧這種不務正業的玩家，他還是頭一次遇見。

「如果我想知道真相的話，就只能照主辦單位的意思認真玩遊戲，而且我總覺得博廣和和邱珩少手裡可能有我們想要的線索。」

羅本摸著下巴思索：「但博廣和的目的是殺了邱珩少，如果我們幫他對付邱珩少的話，不是對我們很不利？」

「問題是我已經答應博廣和，食言的話恐怕真的會被他殺死，所以現在只能看情況再來判斷。我就算再聰明，也無法預知未來。」他本來就知道這份尋人委託很有可能會賠上自己的小命，但衰就衰在委託人找的人是他，這也是走這行路的風險。「可以的話，我想活著離開這個鬼地方。」

「就算有兔子幫你，這也很難做到。」羅本立刻打斷他的美夢，但也沒把話完全說死，「總之，先等危機解除後再思考這個問題吧。」

「嗯。」左牧嘆口氣，起身離開客廳。兔子也緊緊跟在他身後，寸步不離。

看著兔子緊黏不放的模樣，羅本垂下眼簾，起身走回自己的房間。

時間很快就到鑰匙爭奪任務的前一天晚上，主辦單位公告的時間是晚上八點半，但左牧和兔子卻早早坐在客廳等候。

左牧十分忐忑不安，沒辦法預測主辦單位這次會想出什麼樣的難題，是他最苦惱的事，美其名是「任務」，實際卻是一種折磨。

反觀羅本卻不是很在意，根本沒離開自己的房間。

「左牧先生，您真準時。」布魯的聲音從喇叭傳來，明明只是ＡＩ，卻帶著一絲驚訝，要不是知道它只是電腦程式，大概會把它誤以為是真人。

「反正關在房子裡也沒事情能做。」

「如果您有需要，我可以為您下載遊戲或最新上映的電影。」

「廢話少說，比起那種福利，你還不如先透露一點明天的情報讓我知道。」

「非常抱歉，這已經超出權限範圍。」

「既然不能講就給我安靜點。」

左牧沒心情和布魯聊天，煩躁的模樣看在兔子眼裡，讓他有些鬱鬱寡歡。

兔子一直在思考要怎麼樣才能讓左牧心情轉好，最後終於有了主意。

他輕拍左牧的肩膀，把平板亮給他看：「左牧先生，要不要來玩老實說遊戲？」

「老實說遊戲？」突如其來的發展，讓左牧有些困惑。

兔子怎麼會異想天開突然要和他玩遊戲？難不成是覺得他很無聊？

「互相問問題，老實回答，不能說謊。」兔子一邊打字，眼睛一邊笑彎成弧線，「說謊的人要被砍一刀。」

兔子的表情很是和藹可親，但打出來的字卻十分恐怖。

左牧尷尬苦笑：「你那應該是逼人招供的方法吧？我可不想和你玩這麼危險的遊戲。」

兔子似乎沒料到會被左牧拒絕，整個人由喜轉悲，難過到不行。

左牧沒辦法，只好改口：「如果你說謊的話，以後就不准進房間跟我睡；如果我說謊的話，無論洗澡睡覺還是上廁所都讓你跟著，怎麼樣？」

他把懲罰改成雙方都無法接受的事，果然，兔子在聽完後臉色大變，慎重地點了點頭。

看來這樣的懲罰內容對兔子來說，比被刀砍還要可怕。

決定好之後，左牧轉過身，和兔子面對面坐著。

「你先開始。」左牧客氣地對兔子說，兔子立刻目光炯炯有神，整個人精神都來了。

「**左牧先生喜歡我嗎？**」

這問題讓左牧的大腦停止思考快一分鐘，而後他臉色鐵青地反問：「你所謂的『喜歡』是什麼意思？」

兔子歪著頭看他，似乎不太明白左牧的意思。

不過左牧也從他這種天真的反應，大概明白兔子在這兩個字中隱藏的情感。

於是他雙手環胸，爽快回答：「不喜歡也不討厭，簡單來說就是普普通通。」

這回答似乎不在兔子的預料之中，他立刻垂頭喪氣，再次陷入低迷。

只見平板上寫著：「**我以為左牧先生很喜歡我。**」

「呃，我不知道你哪來的自信……」

「**換左牧先生了。**」

左牧想了下：「你究竟看上我哪一點？」

「**左牧先生是天使！**」

左牧頓時愣住，額頭上的冷汗越冒越多。他發現自己和兔子之間似乎有很嚴重的隔閡，他們的思考方向完全不同啊！

兔子不在乎左牧的反應，興致勃勃地寫道：「左牧先生是第一個對我溫柔的人，而且很厲害、很帥氣呢。」

「哈哈，謝謝誇獎……」除了這句話，左牧根本想不到該說什麼才好。

「換左牧先生。」

「呃……」

左牧其實有一大堆事情想問，但又覺得問了等於沒問。現在他最該做的事，並不是了解兔子這個人，可是看兔子的態度，又不像會簡單放過他的樣子。

「你……你之前為什麼都不找玩家搭檔，卻在遇到我之後改變想法？」

回想起正一的嫉妒，讓他十分在意，兔子的理由總不可能跟博廣和那個變態一樣吧？

兔子向來都是跟隨著自己的野性直覺，所以他才更加不能理解。

他期待著兔子的回答，甚至有點緊張，但平板上卻只寫了兩個字：「直覺。」

雖然這個回答本來就在他的預料之內，可多多少少還是感到有些失望。

在他沮喪的時候，兔子問了下一個問題。

「左牧先生想離開這座島嗎？」

「這是當然的吧？」他想也沒想直接回答，卻看見兔子的眼中，閃過一絲冷冽的光芒。

當下，左牧的心臟狠狠地抽了一下，背脊彷彿被寒霜覆蓋。

「你該不會不想離開？」

雖說這裡本來就是囚禁罪犯的島嶼，若只是放逐在這裡生活那倒也無所謂，但問題就在於那些腦袋有毛病的主辦單位，居然設計出如此瘋狂的殺戮遊戲。

「我沒想過。」兔子接著問：「如果我想要左牧先生留下來陪我，你願意嗎？」

「我和你不同，沒辦法在這裡生存下去。」左牧雙手環胸，「而且我不可能放下我原本的生活。」

他想了一下，突發奇想地問：「難道你在外面的世界沒有其他親人或朋友？」

這個問題，不需要用平板回答，兔子直接搖了搖頭。

「怪不得你寧可在這裡生活。」他還真是被一隻不得了的野兔纏上了啊。

初次見面的時候，兔子流露出的寂寞和對他過分的信任，令左牧心生憐憫。

再怎麼說，兔子已經救過他無數次，明明不需要這麼拚命也無所謂，然而直到現在，他都沒有受過什麼傷，這些都是拜兔子的功勞所賜。

兔子很強，但內心卻比任何人都還要孤獨。

左牧忍不住伸手摸了摸他的頭，誰知道兔子居然撲了過來，把他整個人壓倒在沙發上，緊抱不放。

好死不死，這一幕剛好被從房間裡出來的羅本撞個正著。羅本的眼神死得徹底，當下立刻有種想要回房間的衝動。

左牧和羅本眼神相交，氣氛尷尬到不行。

「呃……你出來了？」

「公告的時間快到，不出來要幹嘛？排擠我嗎？」羅本邊說邊把眼神往兔子身上瞟過去，瞬間被他那雙發光的凶惡目光狠狠瞪著。

他現在真的有種跟錯玩家的錯覺。

「別壓著我！兔子！」左牧用盡全身力氣，好不容易才從兔子的懷中掙脫出來。

就在他們打打鬧鬧的時候，客廳的電視螢幕突然轉亮，立刻吸引了三人的目光。

螢幕上出現主辦單位的標誌，接著便傳出布魯的聲音：「各位玩家，晚安。現在要來說明明天的遊戲內容，請各位仔細聆聽。」

布魯的機械音相當拘謹，和平常跟左牧溝通時的口吻差異很大。

左牧和羅本立刻豎起耳朵，不放過任何一點情報，兔子則是眼睛瞇成一條線，靠在左牧背上，對任務內容沒有半點興趣。

「明天的鑰匙爭奪任務，主題為『尋寶』，公告結束後玩家們會各自取得一張只有自己知道的地圖，請各位在明天早上八點前，移動至該地點進行躲藏。每個玩家躲藏的地點都會有一把鑰匙，只要找到就視為獲取成功，且無法搶奪其他玩家所在地區的鑰匙。」

聽到這裡，左牧有些驚訝。

這次的遊戲方式和之前完全不同，不是所有玩家進行爭奪，而是各自分開，在限定區域找尋鑰匙。如此一來，玩家之間根本無法聯手。而且主辦單位並沒有詳細說明，能不能命令手下的罪犯去阻止或干擾其他玩家尋找鑰匙。

若是允許的話，那麼這次的遊戲，完全就是針對他設計的。

不，不可能，主辦單位應該不知道他的意圖才對。而且隨身碟的事，應該還沒有被發現，不可能無緣無故盯上他。

雖然這座島，甚至是「巢」中都充滿監視設備，很難避人耳目，但還是有幾個地方是沒有攝影機的。

畢竟他們是玩家，仍享有基本的隱私權，想要把隨身碟這種小東西帶回「巢」

並不是什麼困難的事。

也就是說，主辦單位是想要避免上次玩家結盟、互相殺害的風險？

畢竟他們現在應該不想讓玩家人數再繼續減少下去。

「玩家在當天任務結束之前都能夠取得鑰匙，但無論是否取得，任務結束後都必須立即返回各自的『巢』，靜待主辦單位的公告。

「任務進行時間為明日早上八點半至晚上六點，今晚夜禁將暫時解除，玩家可以利用這段時間進行移動，但『巢』的保護能力依舊不變。

「早上八點到八點半之間視為緩衝期，玩家不可以離開指定地區，且各玩家的所在地區將會直接公布。緩衝期間，任何玩家的搭檔都禁止攻擊、傷害其他玩家，但無搭檔罪犯則不受此限。」

左牧最在意的事，終於得到解答。

他原本就在懷疑，主辦單位不可能這麼輕鬆讓所有玩家分開進行遊戲，畢竟這是一場殺戮，那些早就看慣鮮血和獵捕敵人劇情的變態富豪們，不可能會喜歡這種單純的尋寶。

果不其然，這次仍是賭上性命的任務，玩家不是反擊，就是只能找地方躲起來。

「本次任務並無限制玩家使用的罪犯人數，請各位玩家遵守規定，愉快享受遊戲過程。最後，祝各位順利活下來。」

主辦單位的公告只有短短幾句話，內容聽起來也相當簡單，卻已經讓左牧和羅本頭疼不已。

他們是所有玩家中罪犯人數最少的，就算和其他人結盟，也不見得能在這次的鑰匙爭奪任務中獲得多少幫助。

「這下糟糕了，沒想到主辦單位竟然會用這招來分散玩家。」看著螢幕上轉換成遊戲倒數的計時器，左牧忍不住大嘆，「看樣子想要活下去，恐怕得好好躲藏才行，否則光靠我們，硬碰硬絕對會全軍覆沒。」

「在我看來，你在這次的任務中被殺的機率根本是百分之百。就算我跟兔子能想辦法保住你的小命，也沒辦法一口氣對付太多人，萬一被人圍剿，根本沒有機會逃脫。」羅本也相當苦惱，他可不能讓左牧死掉。

遇見左牧之後，所有的事情都漸漸明朗，他可不想因為保護不了自己的玩家而再次後悔。

「至少博廣和他們應該不會把目標放在我身上，勉強要說，也只有邱珩少和另外那個從沒和任何人交流的玩家有可能盯上我而已。」

「若邱珩少從你下手，博廣和他們肯定也會派人過來。明天的遊戲，你所在的地區絕對會成為主戰場。」

「嗯，我也是這麼想。」左牧嘆口氣，「雖然很麻煩，但這樣或許也不錯，相對來說，混亂的戰況反而不好找人。」

他並不想把場面搞得這麼熱鬧，但他別無選擇，畢竟玩家無法離開指定區域，這種情況簡直就是甕中捉鱉。

不過，這也不完全算是壞消息。

人多的話，場面會十分混亂，只要好好躲藏，他就可以冷眼旁觀直到任務時間結束。

問題是，他的躲貓貓技術應該沒有這兩個人好，而且還得先觀察地點環境等等，總而言之，這不是現在煩惱就能解決的問題。

「藏匿的問題，等到了現場再說，要先調查你那區的情況才能慢慢思考對策。」羅本才剛說完，兔子手中的平板便出現了許多檔案。

左牧和羅本仔細研究，發現那個地區他們都沒去過，只好轉頭看向把整座島都摸透的兔子。

「兔子，你知道這個地方在哪嗎？」

兔子盯著地圖，點點頭。

「兔子知道的話，就讓他帶著你移動，鑰匙交給我來找就好。」羅本很快就把任務分配好，根本沒有要讓左牧說話的意思。

左牧也同意他的想法：「嗯，帶著通訊器的話，聯絡應該沒什麼問題。不過這個範圍……真的不大啊。」

「其他事情晚點再思考，現在先稍微睡一下，雖然晚上移動會比較安全，早點過去也能先摸清楚周遭環境，但如果沒有充足的精神，後面會很麻煩的。」

「嗯。」左牧看一眼時鐘，「凌晨三點出發，這之前先睡個覺養足精神。」

「知道了。」羅本揮揮手，走回自己的房間。

而左牧則是心口不一地開始閱讀資料、研究地圖，最後還是兔子看不下去，把他拎回房間，強迫他睡覺，才讓左牧乖乖閉上眼睛休息。

凌晨兩點，左牧自然醒了過來。

也許是因為緊張，在鬧鐘響之前就已經清醒過來，明明睡了一段時間，卻沒有補充多少精神，反而有些胃疼。

他起床之後，兔子也立刻跟著睜開眼，但不知道是不是沒睡飽的關係，他頂著一頭亂髮，眼神還有些迷茫，看起來半夢半醒的。

兔子夢遊般地跟在左牧身後，拉著他的衣角走來走去，過了十分鐘後才終於清醒一些。

起先，左牧不打算帶武器防身，但在羅本的堅持下，勉為其難帶上了折疊小刀和防狼噴霧。羅本和兔子則是各自帶上習慣使用的武器，因為這次的躲藏時間較長，又是有範圍性，因此攜帶了不少備用武器。

兩人各自扛著大包行囊，才剛走出「巢」，就發現外面已經有一臺車子在等候。

車門在三人面前打開，左牧二話不說，便拉著兩人坐進車內。

「這還是我上島後第一次坐車。」羅本感慨地說。

兔子反而有些緊張，緊緊黏著左牧不放，似乎很討厭車內擁擠狹小的空間。

「照理來說，這輛車只有玩家能搭。」布魯的聲音突然出現在駕駛座後方的螢幕上，差點沒把左牧嚇死。

「布魯？」

「是的，左牧先生。」布魯非常有禮貌地回應，「由於這次必須前往指定地區，為了減少玩家花費的時間，因此以車子接送。玩家也能選擇隨身陪伴的罪犯或搭檔上車一同前往，畢竟不能讓玩家單獨留在目的地。」

「原來是這樣，不過之前的公告為什麼沒提到這件事？」

「公告內容只是遊戲的一部分，遊戲開始後還會有更多樂趣，敬請期待。」

「說什麼敬請期待……我可是完全不期待啊。」左牧冷眼盯著螢幕，但布魯卻沒有再出聲。

三人一路上都很安靜，直到車子到達目的地，那份緊張的心情才稍微鬆懈下來。

「我還以為資料的事情被發現了。」羅本心有餘悸地說，「那些傢伙總是做這種神出鬼沒的事。」

「如果被發現的話，我應該會立刻被追殺才對。所以目前我們應該暫時是安全的。」左牧抱持著樂觀的心態，安撫了羅本的憂慮。

三人抬起頭看向眼前的廢棄建築，一陣詭譎的氣氛油然而生。

他們所在的地方是包括這棟廢棄建築在內、方圓五百公尺左右的圓形區域，地上有著一道閃爍紅光的圓弧，看來應該就是主辦單位所說的限制範圍。

玩家不能跨出紅線之外，只能在這個區域內移動，而任務鑰匙也藏在這個範圍裡面。

指定區域不是很大，找鑰匙應該不難，問題是躲藏的範圍太小，玩家很容易就會被發現。就算找到鑰匙，玩家死亡的話也是白忙一場，所以兩邊都得顧慮，才能穩穩拿下這次的勝利。對於想要鑰匙的左牧和兔子來說，絕對不能錯過這次的機會。

「為什麼這種地方居然有學校？」左牧呆呆看著眼前的建築，搭配上昏暗的夜色，看起來簡直跟鬼片的場景沒什麼不同。

「我比你更想知道。」羅本雖然知道這座島上有很多奇怪的建築，但這肯定是他見過最怪的一個。

從外觀來看，這座校區應該廢棄已久，不可能是臨時搭建出來的。

不過兔子卻和另外兩人的反應完全不同，興致高昂地拉著左牧的手往校門口走去。

校園內部和外觀相比有很大的差別，沒有想像中那樣破破爛爛，除了東西很舊、累積許多灰塵之外，基本沒什麼太嚴重的損傷或毀壞。

校舍只有兩棟，中間夾著一座操場和三座籃球場。

看著眼前寫著「高一甲」的班牌，這裡顯然曾經是一間高級中學。

教室內的桌椅有些排列得整整齊齊，有些則被推到角落，堵在門口不讓人進出。兩棟校舍都只有五層樓高，但不知道為什麼，越往上走就越讓人感到毛骨悚然。教室隨著高度變得越來越破舊，窗戶甚至被桌椅擊破，看起來曾經發生過嚴重的打鬥。

來到五樓的時候，撲鼻而來的淺淡屍臭和布滿走廊兩側、早已乾裂的血跡，證明了他們心中不安的猜想。

「這到底是什麼鬼地方……」

「我也不知道，這裡大概曾經被主辦單位拿來當成任務地點，所以才會有這麼多打鬥痕跡。」羅本蹲下來仔細看著殘留的屍體碎塊和血跡，「這些都是很久之前的痕跡，屍塊也是，他們只有把屍體搬走，並沒有清理現場。」

「是守墓人帶走的吧。」

「嗯，我覺得是。」

「你知道那些怪物？」

「當然，我在島上的時間可是比你長多了。」羅本很自然地回答，接著站起身，面對著走廊盡頭的門。

那扇門不但被課桌椅層層堆疊起來擋住，門把還被鐵鍊拴住，想進去根本不可能。

鎖。

若不是有東西被關在裡面的話，就是有人為了保護其他人而把這扇門從外反鎖。

「羅本，這裡有一把鑰匙。」在左牧觀察地面血跡的時候，一道銀光一閃而過，他順著光線看了過去，發現殘缺的屍塊旁邊，赫然躺著一把嶄新的鑰匙。他撿起鑰匙，對羅本說道：「該不會是用來打開鐵鍊上的鎖？」

遊戲還沒正式開始，這不可能是主辦單位給的任務鑰匙。而且既然是尋寶任務，相關物品當然不可能被擺放在這種顯眼的地方。所以左牧一看見那扇門的鐵鍊，就很自然地認為是打開它的鑰匙。

羅本看了看後，便把鑰匙收進口袋：「先別管裡面是什麼，趕緊找地方藏身比較重要。」

「說的也是。」

羅本和兔子帶著左牧在校園裡徘徊許久，但校舍的視野十分開闊，幾乎沒有能夠藏身的地方。

在羅本的協助下，他們各自在幾個地點隱藏武器和補給用的子彈。

因為這並不是左牧的專長，所以他很放心地交給兔子和羅本處理。但比起使用槍械的羅本來說，兔子根本不需要這些補給。

「學校裡能躲藏的地方太少了，你自己有沒有什麼想法？」

三人繞了學校一大圈，都沒找到能讓左牧安穩度過任務的地方。

左牧摸著下巴思考：「我是有個想法，只是不知道你們會不會同意。」

「你是玩家，我們當然以你的決定優先。」羅本單手扠腰，露出笑容，「而且我覺得你應該比我們聰明很多。」

「好，那躲藏的地點我已經決定好了，不需要煩惱，反倒是鑰匙的位置比較讓人在意。」

「啊啊，肯定是在這兩棟校舍裡，可是範圍這麼大，還要避開敵人，要搜索有些困難。」

「你一個人沒問題？」

「大概吧，而且不知道你有沒有注意到……這兩棟校舍有幾個點滿奇怪的。」

「嗯，我也發現了。」

羅本口中的「奇怪」，自然就是這座校園裡微妙的違和感。

包括剛才那些屍塊和血跡、被鐵鍊反鎖起來的門以及激烈戰鬥過痕跡等等，全都顯示這裡以前曾經作為玩家之間的戰場。

但校舍內灰塵的厚度、腐朽的鐵鍊和早已風乾的血漬，都表示即便曾經有過戰鬥，那也是半年以前、甚至是更久之前的事。

可是，那把掉落在屍塊旁的鑰匙卻很新。不但沒有沾染灰塵和血跡，甚至沒有生鏽的跡象。就算掉落在離鐵鍊不遠的地方，很容易讓人把這兩樣東西聯結起來，但事後仔細想想，就會發現它們其實毫無關聯。

而羅本並沒有留意鑰匙的情況，他在意的反而是其他問題。

「對面那棟校舍並沒有打鬥的痕跡，反而整齊到讓人懷疑。」

「除這點之外，你有沒有注意到，另外那棟校舍有幾間教室的黑板上寫著字。」

「嗯，是數學算式，其他的還有中文和英文。」

「桌上也都有放著課本，很像上課上到一半，教室裡的人全都莫名其妙離開。」

「如果說左邊這棟教學大樓是驚悚片，右邊那棟絕對是靈異片。」

羅本俏皮的解釋，讓左牧忍不住笑出聲：「你這說明方式還真貼切。」

「如果是你，你會把鑰匙藏在哪裡？」

「如果是我……」左牧抬起眼眸，將兩棟校舍收入眼底。

若是由他來設計這次的鑰匙爭奪任務，那麼他肯定——

他的思考，被兔子突然伸過來的手打斷了。

不知道為什麼，兔子的眼神變得銳利無比，警戒地在周圍查看，而羅本也像察覺到什麼一般，迅速掏出手槍。

「你們……發生什麼事？」

兔子摀住左牧的嘴巴，示意他不要出聲，並和羅本用眼神交流，在羅本的手勢指引下，靜悄悄地往陰影處躲過去。

左牧被摀著嘴，只好滿臉困惑地看著這兩個人，直到他看見從校舍後方的樹林裡，有三組手持武器的隊伍走出來。

左牧的心臟差點漏了一拍，這下他更不敢出聲了。

原來這兩個人是察覺到周圍有人靠近，才會突然變得這麼緊張。

他們靜靜看著那些人在校舍內搜索，慶幸地，他們並沒有靠向左牧等人藏身的籃球場，他們就這樣躲在球場旁的樹叢裡，直到那些人離開。

「是其他玩家的人？」

因為有段距離，左牧沒辦法看清楚他們脖子上的項圈是否有發光，但怎麼想都覺得那些人不可能是沒有主人的罪犯。

「我想應該是。總之，現在除了我們之外的人都是敵人，不能大意。」羅本壓低身體，用狙擊鏡觀察那些人的動向。

直到那些人離開，他們才從樹叢裡走出來。

「主辦單位說過會公布其他玩家的地區位置，那些傢伙該不會是想趁這個機會，在遊戲開始前就先把對方幹掉吧？」

「確實有可能，畢竟緩衝時間還沒到。」

「嘖，這樣的話，在遊戲開始之前我不是只能躲起來了嗎？」

人手不足果然是這次任務的最大隱患，但他說什麼也要從這糟糕的情況中生存下來——他是絕對不會死在這座島上的。

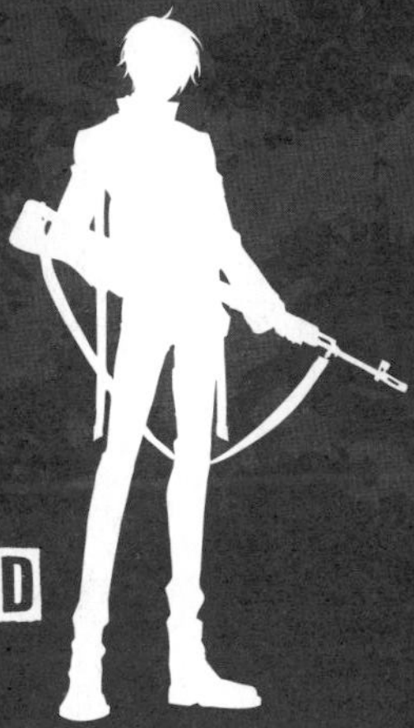

BEFORE THE END OF THE GAME

# 規則三：鑰匙的位置為隨機

ゲームが終わる前に

「各位玩家早安，鑰匙爭奪任務即將在三分鐘後開始，請各位玩家留意時間。倒數計時已經顯示在各位的手表上，請麻煩確認。」

主辦單位使用統一的廣播系統，在各地區建築的擴音器中播放公告。同時，左牧的手表也顯示出倒數計時的數字。

和左牧待在一起的兔子看起來還算放鬆，而羅本則是早就已經往校舍的方向前進。

「遊戲開始後，鑰匙所在的位置資訊將會出現在指定地點，請各位玩家使用手表進行搜尋。

「遊戲中嚴禁違規行為發生，請各位玩家遵守規定，愉快地進行遊戲。

「那麼，預祝各位順利。」

主辦單位的廣播結束，左牧輕輕嘆了口氣：「兔子，你應該還記得我說的話吧？」

兔子點點頭，拿出平板。

「我會保護左牧先生。」

「這點我倒是完全不懷疑。」

「鑰匙那邊沒問題嗎？」

「那就得看羅本能不能順利拿到線索了。雖然我不能隨意行動，但負責指揮還是可以的，而且我不覺得主辦單位會單純地把鑰匙藏起來，讓我們去找。」

主辦單位的想法難以捉摸，所以左牧打算見招拆招，面對這場全新規則的鑰匙爭奪任務，他也只能樂觀面對。

而不斷提問的兔子，也表達他對另外一件事的擔憂。

他輕輕拉扯左牧的袖口，在平板寫道：「左牧先生，我很擔心你。」

「擔心什麼？」

「不躲起來的話很危險。」

他原本有十足的信心能夠保護好左牧，但沒想到，左牧最後居然決定不躲了。說實話，連兔子都沒預料到最後竟然會變成這樣。

左牧搔搔頭：「其實我也不太確定這麼做到底安不安全，但就這個場地來說，躲起來也沒有什麼太大的意義。要是被發現，連逃跑都很困難，這樣的話，倒不如從一開始就站在最好的觀察角度來判斷移動位置。」

地區是由主辦單位選擇的，所以他在來到這裡之前也無法確定現場情況。

如果是樹林或山區倒還好，可是在這只有兩棟獨立建築的場地上，躲藏的風險反而更大。

話雖如此，但他也不是要正大光明站在那裡任人宰割，只是選擇用觀察的方式來判斷移動路徑。

不過，他這樣的做法僅限於對上人數偏少的敵人，要是一大群人圍上來的話，他就真的束手無策了。

無論是進攻還是防守，對只有三個人的他們而言，無疑是非常不利的。而且早在三十分鐘前，玩家的所在地區就已經被布公，大家都知道彼此的位置。

就算博廣和他們百分之百會往邱珩少那邊積極進攻，邱珩少也絕對會派一部分的人到他這邊來，畢竟那傢伙手中有不少能使用的棋子。

值得慶幸的，邱珩少所在的地區和他剛好是對角距離，他們的人要過來，光是移動就至少要花一小時，而且是在不被任何人干擾的前提下。

就時間上來說，他最少有一個小時的安全期，只要在這段時間內找到鑰匙再躲起來的話，就沒什麼太大的問題。不過，他認為鑰匙應該沒有想像中那麼好找。

「雖然只是依照現況來進行判斷，但我的決定並非完全沒有缺點，剩下還是得靠你了，兔子。」

兔子點點頭。

對他來說，最目前大的變數就是剛才經過附近的那群罪犯。而且無法從他們的項圈判斷是哪個玩家的人，總而言之，還是小心為上。

放下疑慮的左牧，站在籃球場的籃框下，雙手環胸，盯著兩棟校舍。對他們來說，這次的遊戲目的不是躲藏，而是取得鑰匙。若錯失這麼好的機會，下次能取得鑰匙就不知道是什麼時候的事了。

他絕對不能錯過這次機會。

三分鐘很快就過去，手表上顯示出倒數時間的碼表。

這場讓人捉摸不定、詭譎的鑰匙爭奪任務，終於正式開始。

手表先是顯示出鑰匙線索的位置，左牧立刻用通訊器告知羅本，並和他討論內容。兔子則是提高警覺注意四周，連一點風吹草動都不放過。

「是一張地圖，但上面什麼都沒有。」通訊器裡傳來羅本困惑的聲音。

左牧想了一下：「是不是要用特殊方式才能看到線索。」

「我也是這樣想，而且學校裡有很多能使用的設備。」

「嗯，熱度、光線甚至是化學藥劑……能將隱藏的文字顯現出來的方式太多了，但我們不可能每個都嘗試。」

「怎麼辦？先從那些詭異的教室開始調查嗎？」

「教室嗎……」左牧看向比較乾淨、沒有任何毀損的右側校舍，「沒辦法，看來我和兔子也得一起幫忙調查。」

羅本一聽，連忙阻止：「你瘋了嗎？給我躲好，別亂來。」

「說起來，我忘了告訴你，我根本沒躲，現在正光明正大地站在籃球場上。」

「你──」

雖然看不見羅本的表情，但左牧知道，他肯定已經氣炸了。

和羅本分開前，左牧並沒有告訴他自己要去哪裡躲藏，而羅本也相信他不會亂來，所以也沒有多想，誰知道左牧居然擺了他一道。

「你到底在想什麼？你死了的話就沒有意義了！」

「不用擔心，現在還算安全，畢竟遊戲才剛開始。」

「就算是這樣，你也不能這麼鬆懈吧！」

「你去左棟校舍的教室調查，如果有什麼沒辦法處理的線索再通知我。」

「什麼？你給我──」

左牧不給羅本說話的機會，直接切斷通訊。

他很清楚時間寶貴，便毫不猶豫地朝右側校舍前進。

這座校園裡有兩棟校舍。左邊的校舍略微陳舊，頂樓的走廊上還散布著屍塊和血跡；右邊的校舍卻是整整齊齊，看起來沒有半點毀損的樣子。

其實他覺得右棟看起來比較可疑，不過機率也是一半一半，畢竟這次的任務，未解的謎團實在太多了。

「這讓我想起最初和你一起解的那個任務。」

兩人一起探索校舍的行動，讓他不自覺地想起和兔子在廢棄大樓裡的初次搭檔任務。

聽見他說的話，兔子露出喜悅的神色，小花朵朵開。

右棟校舍只有兩間教室的黑板有寫東西，仔細研究後，左牧沒發現什麼特別奇怪的地方，內容跟線索也沒有半點關係，就只能將希望寄託在羅本那邊。

時間過去將近一個小時，羅本卻始終沒有任何回應。閒著沒事做的左牧覺得時間差不多了，正打算離開校舍，到比較隱密的地方待著的時候，樓梯口的鐵門突然「唰」的一聲掉落。

幸好兔子反應及時，抓住衣領把左牧整個人往後拉，才沒讓他被鐵門砍成兩半。

左牧心有餘悸地看著眼前的鐵門，驚魂未定：「什、什麼？」

右棟校舍明明比較新，鐵門不可能因為老舊生鏽突然掉下來。而且時機點也未免算得太好了，簡直就像有人在背後操控一樣。

意識到這點的同時，左牧立刻抬起頭往樓梯上方尋找，果然看見了亮著紅光的攝影機。

不知道是不是被發現的關係，攝影機還故意往他的方向轉過來，暗示著它正觀察著他的一舉一動。

「果然每個角落都不能放心。」

鐵門突然掉下來，幾乎可以肯定是主辦單位在背後操控，但為什麼呢？

就在他思考這個問題的時候，不遠處傳來了螺旋槳轟然運轉的聲音，一種不祥的預感油然而生，左牧想也沒想，立刻衝上二樓，果然看見天空有架載著巨大鐵籠的軍用直升飛機正在盤旋。

直升飛機迅速靠到他們這棟大樓的正上方，接著巨大物體墜落的重擊，讓整棟校舍劇烈搖晃，害左牧得抓著扶手才能站穩。

直覺反應是剛才那個鐵籠墜落在樓頂，但還沒來得及仔細思考，就突然被兔子拉起來往走廊的盡頭奔跑。

「兔、兔子？怎麼回事？」

雖然不知道原因，但兔子會這麼匆忙，絕對不可能是什麼好事。

明明是白天，他卻什麼都看不見，連兔子在逃離什麼都不知道。

兩人迅速來到走廊尾端的教室內，正對著教室門口，有一排朝外的窗戶沒有被動過手腳，如果要逃跑的話這裡是最適合的。

他才剛這麼想，眼前的屋頂突然碎裂，巨大漆黑的身影踩在天花板的碎片上，出現在他跟兔子眼前。

那份壓迫感和給人的恐懼，和守墓人十分相似。

左牧能清楚看到纏繞在這個生物身軀以及四肢上的繃帶，以及隆起的強健肌肉。詭異的身體構造加上懾人的壓迫感，讓左牧當場傻眼。

還沒想清楚這是什麼，這個詭異生物突然以飛快的速度朝左牧的方向揮拳。

左牧沒來得及反應，只能呆愣在原地，反倒是兔子立刻將人抱起來，從拳頭砸向地面而揚起的塵埃中飛奔而出。

雖說身體安然無恙，但心靈卻受到不小的衝擊。左牧臉色鐵青地看著凹陷的地面，不敢想像要是自己沒躲過的話，會是什麼慘狀。

詭異生物的攻擊並沒有停止，它很快就把臉面向兩人，大步奔跑而來。

明明有著笨重的身軀，速度卻異於常人，奔跑的氣勢相當可怕。

兔子抱著左牧在狹小的教室內閃避，接著踏上課桌椅，往生物掉落下來的天花板破口衝過去。

他用驚人的彈跳能力，將左牧帶上三樓，勉強躲過這次的攻勢。

原以為上樓之後就能夠有點喘息時間，結果一道巨大的黑影跟著從地板下方一躍而上，不偏不倚落在兩人的正對面。

左牧已經驚訝到發不出聲音，兔子則是立刻撞開教室的門衝了出去。

詭異生物抬起頭，緊追在兩人後方，但衝破教室的門後，卻已經不見他們的蹤影。

它左看右看，拖著緩慢沉重的步伐，慢慢沿著走廊移動。

依靠著聲音判斷巨大生物已經緩緩離開，直到拉開足夠的安全距離後，兔子才從圍牆旁的鐵柵欄單手撐起身體，重新回到三樓走廊。

左牧受到巨大的驚嚇，但他仍維持理智，迅速拉回思緒。

剛才要不是因為兔子反應迅速，破門後立刻躲在圍牆後面，他們肯定無法躲過追殺。雖然在三樓懸空的滋味真的很難受，但只要盡可能不去注意高度，就能忍過去。

讓他感到訝異的，是兔子竟然能穩穩掛在鐵欄杆上，還一手抱著他。

兔子用自己的身軀壓住他，就像不讓那個生物察覺到他的氣息一樣。這種躲藏方式，對左牧來說還挺新鮮的，如果他們不是懸掛在三樓的話。

看來兔子和他一起場勘的時候，並不是只有呆呆跟在他屁股後面晃而已，能記住鐵欄杆的位置，甚至利用它，除冷靜沉著之外，還得有非常快的反應速度。

「那個東西究竟是什麼鬼……」

原本完好無缺的校舍，現在已經被打出兩個大洞。

剛才他們在另一頭的樓梯旁，現在則是在盡頭的教室，雖然沒有影響到建築結構，但要在這種地方和那樣的怪物應戰，絕對不會有什麼好結果。

看是先被那東西打死，還是因為建築崩塌而摔死——不管是哪一種，他都不想要啊！

左牧擔憂地往另一棟校舍看去，發現那裡還是很平靜，看起來那個詭異生物應該只有一隻。

正當他想要使用通訊器和羅本聯繫的時候，被兔子抓住手腕阻止了。

「兔子？」左牧抬起頭，困惑地看著他。

兔子輕輕搖頭，藍色眼眸冷靜且認真。

他很相信兔子的判斷，既然兔子要他別和羅本聯絡，那他也不會強硬要求。

左牧嘆口氣，出聲詢問對方：「你有什麼辦法能夠避開那東西，讓我們活著離開這棟校舍嗎？」

兔子點點頭，明明可以使用平板來回答問題，但不知道為什麼，兔子卻沒有拿出來，反而是跟他比手畫腳。

左牧看得一頭霧水，只能勉強看懂一些。

「總之，就是跟著你就對了吧？」

兔子又點點頭，將食指壓在左牧的嘴唇上，示意他不要出聲。

為了活下去，左牧只能依照兔子的指示去做。

他們並沒有往下走，而是繼續往上，至於要怎麼繞過在這層徘徊的生物，兔子想出的方法就是從「外面」離開。

於是兔子背著左牧，爬牆壁來到五樓的走廊。

由於這棟校舍沒有通往樓頂的階梯，而且樓頂也沒有圍牆，但從天花板的破口來看，左牧很清楚那個生物就是從樓頂下來的。

兔子帶著左牧爬上屋頂，那裡有著一個稍微凹陷到水泥中的鐵籠，顯然是從半空中拋下來的。

鐵籠上面寫著「ＰＭ１８１」的字樣，除此之外還有個標誌，看起來像公司商標。

左牧一眼就認出這個商標的公司，正是參與這場遊戲的老闆之一。而這家公司是專門研發醫藥產品的。

他記得這家公司很久之前曾經因為進行人體實驗太不人道，被離職員工爆料，後來在警方的調查下證明是離職員工因不滿而散布謠言，這件事也就漸漸被人們淡忘。

如果不是看到這個商標和剛才的生物，左牧也不會這麼快想起來。

他的腦海中突然萌生出非常令人厭惡的想法，但不得不承認，剛才那個生物的外型，確實有點像人。

全身包裹著繃帶，整顆頭包到連眼睛和嘴巴都不放過，頭髮甚至從繃帶縫隙中擠出來，就和木乃伊沒什麼不同。

不過，繃帶包紮得很凌亂，還是可以看到發紫的皮膚和傷痕，而且那種詭異的強健肌肉，不像是人類應該有的。就算狂喝蛋白粉、訓練肌耐力，也不見得能夠練成那種身材。

因為不知道那是什麼，左牧姑且就先用「生物」來稱呼他。

「剛才那個，你見過嗎？」

兔子搖搖頭。

「那這個鐵籠呢？」

兔子再次搖頭。

這兩個回答，讓左牧很快就確定這個鐵籠和生物，都是不存在於島上的外來物，明顯是主辦單位刻意安排。

思考時間不過短短幾分鐘，校舍突然又開始震動起來。

這次的震動有點劇烈，左牧根本站不穩，只能依靠兔子攙扶自己。

屋頂和地板開始龜裂，這脆弱不堪的結構令人十分擔憂。

兔子看了一眼，決定抱起左牧跳回五樓教室。

雖然回到有牆壁包圍的教室稍微安心了一點，但大樓仍在搖晃。

左牧很想跟羅本取得聯絡，從他所在的校舍觀察的話，肯定能給到不少幫助，可是兔子卻不讓他使用通訊器。

「你不讓我使用電子設備，難道是因為會洩漏位置？」

兔子搖搖頭，轉身走向黑板，用寫字的方式溝通。

大樓仍在搖晃，但幅度比剛才小很多，兩人趁這期間趕緊把話說清楚。

「那東西的腦袋裡裝有接收器，能聽見通訊器的對話內容。」

「能聽見……意思是說，它有自我意識？」

「應該，剛才的攻擊並不是亂打，是有經過思考的。」

「如果是這樣的話，你的項圈和我手表不都……」

「它們不會受到監聽影響。」

左牧並不清楚兔子這句話的意思，但他也沒時間仔細詢問。

總而言之，就是與任務無關的道具不會受到監控，其他東西則相反。也對，耳機通訊器和平板都屬於任務相關道具，而項圈和手表則是主辦單位用來判斷身分和得知位置的定位工具，依照「主辦單為不會直接干涉遊戲」這條規定來看，這兩樣物品反而是最安全的。

「哈啊，還真麻煩。那生物在下面，想離開的話就得下樓，總不能直接從五樓跳下去吧……」

他只是隨口說說，沒想到兔子卻露出閃閃發光的眼神，看起來真有這個打算的樣子。

「就算是你，也不可能抱著人從這麼高的地方跳下去吧！」

兔子露出苦惱的表情，最後放棄了這個可怕的念頭。

校舍又開始搖晃，而且比剛才還要更加劇烈，左牧覺得那東西大概想把校舍直接摧毀，和他們同歸於盡。

不，或許那個生物被鋼筋水泥淹沒，也能生存下來也說不定。

苦惱著該怎麼做才好的時候，手表突然傳來「嗶嗶」聲響，嚇得左牧趕緊蹲在地上，用手將它遮住。

但這麼做根本遮掩不了聲音，慌張不已的左牧忍不住破口大罵：「該死！還說什麼不會干涉遊戲，這擺明是故意把那東西引過來！」

在他怒吼之後，手表傳出布魯的聲音：「本場任務的鑰匙線索已出現，請玩家注意。」

「什麼？」左牧愣在那，完全聽不懂它的意思。

線索不是早就出現了嗎？主辦單位到底在說什麼？

「鑰匙距離玩家剩餘一百公尺、五十公尺……兩公尺。」

布魯的聲音才剛停止，左牧腳下的地板突然伸出一隻粗壯的手臂，緊緊抓住他的腳踝，將他整個人往樓下拉。

兔子驚訝地瞪大眼睛，急忙追了上去。

摔到四樓的左牧躺在水泥塊上，全身上下疼痛不已，額頭甚至有鮮血緩緩流下。

「痛、痛死了……」

他慢慢撐起身體，卻發現自己的左腳已經失去知覺，而剛才那名全身包著繃帶的生物，正趴在他的正上方，用那張沒有五官的臉靜靜凝視著自己。

左牧倒抽一口氣，全身血液瞬間凝固，差點忘了呼吸。

而他戴著的手表，傳來布魯冰冷的機械聲音：「鑰匙與玩家的距離為——零公尺。」

左牧瞪大眼睛，終於明白布魯想表達的是什麼意思。

這該死的危險生物，就是這場遊戲鑰匙的藏匿處！

意識到這點的同時，生物也將手伸向他的脖子，但還沒來得及碰到左牧，從樓上跳下來的兔子就已經趕到，直接用軍刀往它的手肘劃了過去。

這次的軍刀除了鋒利之外，還帶有麻痺毒素，很快就讓生物停止動作。

兔子趁這個機會，把左牧扛在肩膀，迅速拉開距離。

「唔、兔……兔子。」

兔子聽見左牧痛苦的聲音，趕緊從洞口處直接跳往三樓，並仔細檢查他的情況，發現他左腳的傷勢後，眼中頓時充滿怒火。

巨大的身體隨即落在兩人眼前，剛才被劃開的傷口不藥而癒，只留下一道疤痕。

刀上的麻藥連大象都能放倒，但卻對這個生物沒有任何效果，頂多只能阻止它幾秒鐘的行動。

兔子將左牧護在身後，反手握住刀柄。與之前不同，這次他兩手各持一把軍刀，也不像以往那樣悠哉。

對方迅速攻了過來，兔子也立刻上前迎戰，他靈活地跳到對方身上，手腳迅速地在它身上揮砍，然而，不但麻藥沒有效果，就連刀傷也沒造成多大影響。

但兔子也沒有讓生物有觸碰到自己的機會，雙方的速度都很快，左牧根本看不清楚，只能勉強在地上移動著自己的身體，靠在角落喘息。

他的腿沒有知覺，無法判斷是骨折還是扭傷，但不管是哪種，都是非常糟糕的情況。

現在算起來，任務也差不多才開始一小時半左右，他的腳就因傷而無法移動，也就是說，他之前計畫「觀察後再進行移動」的躲藏方式，完全付諸流水。但是，如果他沒辦法從這個生物的手中逃脫，根本不用考慮該怎麼躲避其他玩家的威脅了。

「唔，運氣真背，居然是腳受傷。」左牧真心認為自己的運氣實在差到極點。

兔子現在正在努力拖延生物的腳步，狹小的空間對兔子來說不容易戰鬥，尤其是面對這種等級的怪物，應付起來更加困難。

而且，校舍牆壁還在慢慢龜裂，照這樣下去，恐怕不用花多久時間，這棟校舍就會徹底崩塌。

得在這之前離開才行，否則他們就算沒被打死，也會被壓死。

兔子的攻擊超越了生物的反應速度，剛開始生物還能閃避回擊，但很快就被打到無法還手。

眼看狀況對自己不利，生物非常聰明地往後拉開距離。被繃帶綑綁、完全看不見五官的臉，直勾勾地望向兩人。

左牧頓時覺得毛骨悚然，一股不祥的預感突然襲上心頭。

正當他疑惑的時候，生物往後退到教室後方的一根柱子旁，舉起拳頭用力砸了下去。

強大的力道再次讓整棟樓劇烈震動，柱子也慢慢碎裂開來。

左牧終於意識到生物的目的，立刻臉色大變，朝兔子喊道：「快點離開這裡！那傢伙打算毀掉這棟校舍！」

兔子原本想馬上趕回左牧身邊，然而生物卻沒給他機會，砸了柱子兩拳後就再次奔向兔子，展開攻擊。

一心想保護左牧的兔子只能迎擊，但不管他的刀子揮砍多少次，生物卻依舊不為所動。

兔子知道，想要逃跑的話就得先拖住對方，於是他利用自己的速度優勢，繞到生物的視線死角，蹲在它的肩膀上，將軍刀插入眼睛的位置。

原以為攻擊人類的弱點就能稍微拖延時間，沒想到生物完全不受影響，反而伸手揪住兔子的衣領，將他狠狠甩在地板上。

強勁的力道讓地板瞬間凹陷，兔子有一半的身體幾乎都沒入地面中，眼神也露出些許痛苦。

眼看著柱子的裂痕越來越大，甚至傳來鋼筋水泥扭曲的聲響，左牧也不知道該如何是好。

就在這時，遠方傳來一聲槍響，接著生物的腦袋被子彈擊中，整個人向右側傾斜倒地，兔子也趁這個機會爬起身，衝向左牧所在的地方。

左牧都還沒看清楚到底發生了什麼事，就被兔子整個人抱起來，後腳才剛離開，他剛才癱坐的位置就立刻被碎裂的天花板淹沒。

兔子的鮮血染紅銀色短髮，一滴滴落在左牧的臉頰上。

左牧終於回過神，發現因為天花板崩塌的關係，他們被徹底困在這間教室裡，只剩下頭頂的破洞可以逃脫。

「兔……兔子……」他沒見過兔子流這麼多血，然而兔子卻依舊精神奕奕，完全不像是受了傷的人。

兔子只看了他一眼，接著就聽見生物搖搖晃晃爬起來的聲音。

他瞇起眼眸，趁對方還沒看清他們的身影之前，往上跳回四樓。

剛踏上四樓地板，整棟校舍就突然往左側傾斜，地板也從腳下慢慢產生裂痕。

兔子沒有停留太久，沿著裂開的天花板一路往上，直達樓頂。

此時的校舍已經又往左側傾斜不少，但仍勉強能站得住腳。

兔子把左牧轉過來，背在背後，示意他雙手環住自己的脖子。

左牧雖然腳很痛，還是咬牙緊緊抓住兔子。

兩人都還沒來得及喘口氣，校舍又再次傳來震動，顯然有東西正在往屋頂衝過來。

「砰」的一聲，屋頂被拳頭打穿，殘破不堪的繃帶沿著強壯手臂慢慢掉落。

當生物終於爬上來的時候，纏繞在它身上的繃帶已經所剩無幾，而它的左側腦袋也因子彈的關係而血肉模糊，即使如此，這依舊不影響它的意識和行動。

插在眼睛位置的軍刀，正好插在一臺像是眼罩的科技儀器上。左牧根本不知道那是什麼，雖說外觀很像ＶＲ，但他很肯定絕對不是那種簡單的東西。

生物將軍刀拔出，狠狠扔向左牧。

兔子迅速握住刀身，明明刀上有能夠將人放倒的麻藥，但兔子卻絲毫不為所動。

他反手將軍刀收起，似乎沒有要和對方硬拚的打算。

「你……你打算做什麼？」左牧抬起頭，對上兔子的藍色眼眸。

雖然無法用語言溝通，但兔子的眼神卻相當溫柔，似乎是要他不要擔心。

下一秒，遠處射來的第二發子彈再次擊中生物的腦袋，生物腳步不穩地向前趴下。但即便腦袋開花，仍可以清楚看到傷口的細胞正以非人的速度復原，簡直就像擁有自我再生能力的不死殭屍。

接著，很快又傳來第三聲槍響，但這次的目標不是生物，而是他們腳下的鐵籠。

那是一個十字勾，硬生生穿破鐵籠後緊緊扣住，與對面校舍拉出一條繩索連接起來。

兔子徒手抓住繩索，讓左牧掛在自己身上，懸在半空中前進。

此時生物又重新站了起來，不需要視力的它，很快就注意到繩索的存在。

它伸手想要抓住兩人，卻有另一發子彈再次往它身上射了過來。這回生物的反應很快，直接用手掌抓住子彈，然而下個瞬間，子彈就在它的手掌心炸裂。

它的手指被炸飛，卻仍不痛不癢，甚至沒有發出半點聲音。短短五秒鐘的時間，子彈接二連三地打在它的身上，直到確定它無法危及到兔子他們的安危，槍響才終於停止。

雖然兩棟校舍的距離很遠，可是兔子卻用飛快的速度，直接來到了對面的屋頂。

羅本拿起小刀，將繩索砍斷，迅速收好狙擊槍。

「幫了大忙……羅本。」

羅本看著痛到快要說不出話來的左牧，皺緊眉頭。剛才的情況，要不是他開槍幫忙狙擊，干擾敵人的腳步，左牧和兔子根本不可能全身而退。

「有什麼話，等到了安全的地方再說。」他輕拍兔子的肩膀，走在他前面，「跟我來。」

兔子二話不說，乖乖跟著羅本，三人以最快的速度遠離校舍。

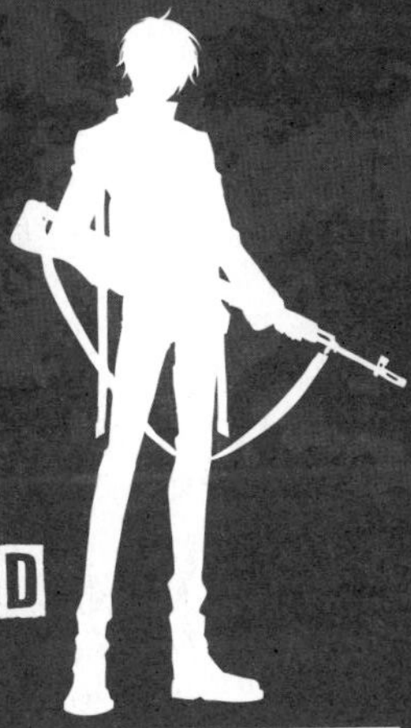

BEFORE THE END OF THE GAME

# 規則四：遊戲中存在不合理情況

ゲームが終わる前に

暫且脫離危機的左牧三人，躲在籃球場旁的運動器材倉庫後面。

不是選擇倉庫裡面而是躲在後方的陰影處，是因為這樣才能隨時應付緊急狀況。要是躲在倉庫內，無疑是讓自己鑽進死胡同，插翅難飛。

羅本檢查左牧的左腳，用帶來的緊急醫療繃帶纏繞在受傷的部位。

「看起來應該沒有傷到骨頭，不過還是得回『巢』裡讓布魯替你檢查。」

「巢」內有基礎的醫療設備，就算不是醫生，只要有點醫護常識就能進行治療，而且還能使用布魯提供的X光掃描確認狀況。

不過，這些必須等鑰匙爭奪任務結束後才能使用。

「沒想到你這麼快就受傷了。」

「我自己也很意外。」

吃了幾顆消炎藥，讓羅本替自己打止痛針之後，左牧已經好了很多，但還是不能隨意行走。

他現在無疑成為兩人的拖油瓶，瞬間拉低他們三人的存活率。

在左牧的緊急治療結束後，兔子靠了過來，眼神充滿哀傷和自責。

左牧無奈苦笑：「別太在意，是對手強得離譜，不是你的錯。」

羅本看見兔子的手掌心和腦袋都是血，氣急敗壞地把人按在地上，當起稱職的醫療兵。

「我可不是醫生啊，你們兩個混蛋！」他邊包紮邊抱怨，「話說回來，那到底是什麼鬼東西？」

他在對面校舍看見龐然大物的時候，也嚇了一大跳，雖然立刻用通訊器和兩人聯繫，卻被單方面阻斷。

無可奈何之下，他只能到屋頂用狙擊鏡頭觀察，結果卻看見兩人被追殺的畫面。

由於剛開始都在教室裡移動，他很難瞄準，幸好最後校舍牆面被毀掉不少，也少掉許多阻礙物，他才能在緊急時刻從對面開槍協助。

兔子估計也知道是他開的槍，才會逃到屋頂，向他發出暗示。

他很慶幸自己有攜帶拋繩槍，否則在那種情況下，他也只能眼巴巴看著，什麼忙也幫不了。

右棟校舍很快就徹底崩塌，詭異生物也不知所蹤，但他們心裡都十分清楚，它絕對沒死。

「是主辦單位扔下來的東西。」左牧替火冒三丈的羅本解釋，壓低嗓音，帶著些許顫抖，「而且還是我們這個地區的『鑰匙』。」

聞言，羅本立刻張大嘴巴，驚訝到說不出話來。

「你開玩笑的吧？地圖才是線索不是嗎？」

「不，我的手表清楚地標示了鑰匙的位置。」左牧抬起手腕，將表面朝向羅本，證明自己不是在胡言亂語，「從剛剛開始，鑰匙所在的位置就在瓦礫底下，沒有移動，不然你以為我怎麼會這麼安穩地坐在這裡休息？」

羅本知道左牧不會對他說謊，而且這種時候，說謊根本沒有任何意義。

他扶著額頭，苦思許久，最後狠狠踹了一下地上的小石頭：「該死，又被那些傢伙耍著玩！」

兔子被羅本包紮完之後，就窩到左牧身邊，十分擔心地趴在他的大腿上，抬起眼死死盯著他看。

左牧摸摸他的頭髮，兔子就像乖順的小狗一樣，瞇起眼睛。

「與其生氣，倒不如想想該怎麼辦才好，不打倒它的話是拿不到鑰匙的。」

「你的意思是，鑰匙在那東西的身體裡？」

「這只能等殺了它之後才能確認。總之，不可能和那種東西面對面好好交談的吧？」

羅本無語，但看得出他很是無奈。

「如果說這傢伙是鑰匙，唯一的好處就是其他玩家可能也在苦惱如何獵殺目標，加上還要處理玩家之間的競爭，應該不會特意跑來對付你。」

左牧想了下，對手表說：「布魯。」

「是，請問有什麼事需要幫忙？」布魯很快就回應左牧。

「我能知道那東西的資訊嗎？」

「我能提供的情報有限，可能無法全部回答。」

「沒關係，能說的就說。」左牧並不在意，「我想知道其他玩家那邊，是不是同樣都是這種鑰匙？」

「是的，但數量和玩家擁有的面具型罪犯人數相同。」

這條資訊倒是讓左牧和羅本相當驚訝，不過內心也稍微好過一點。因為幾乎能夠肯定，邱珩少絕對不會來找他們麻煩。

「和面具型罪犯相同……幸好你只有兔子一個，否則就倒大楣了。」羅本真是鬆一大口氣，不過這也表示，主辦單位是刻意想要干涉面具型罪犯的行動。

左牧隱約覺得，主辦單位似乎還有其他意圖。

「鑰匙是不是在那東西體內？」左牧問得很直接，但這次布魯沒有回答。

左牧沒辦法，只好換個問題。

「如果任務時間內沒有殺掉它取得鑰匙的話，會怎麼樣？」

「請不用擔心，主辦單位會回收處理。」

至少可以確定，他們不會永遠被追殺，可是對於想要取得鑰匙的他們來說，也只能想辦法在時限內殺掉生物。

起先還以為主辦單位是為了防止玩家們聯手，給擁有四把鑰匙的玩家絕佳的機會，讓他們能夠贏得勝利。若是這樣，他百分之百會認為邱珩少和主辦單位之間有合作關係，但現在他卻打消了這個念頭。

若邱珩少真的和主辦單位合作的話，絕對不可能是這種困難度極高且有針對性的任務來增加邱珩少的死亡機率，不過，也很有可能是用來將他滅口。

「請問還有其他問題嗎，左牧先生？」

布魯的聲音喚回左牧的思緒，他隨口應了聲：「暫時沒有其他問題。」

在布魯的聲音消失後，羅本看著左牧，皺起眉頭：「你問的似乎有點少。」

「大多數問題，我想主辦單位根本不可能回答我，但他們卻願意告訴我這個生物的數量，就表示他們很有自信，這次玩家之間絕對不會有所接觸。」

「是因為之前一口氣死掉太多玩家的關係？」

「我想應該是，畢竟競爭人數太少，遊戲就不好看了。」

「哼，還真鬼畜。」

他們休息才沒過幾分鐘，左牧手表上的光點突然開始移動，接著右邊校舍的鋼筋水泥塊之下，有東西慢慢隆起，迅速撞開壓在身上的東西。

因為他們距離不遠，而且周圍又很安靜，所以可以聽得一清二楚。

左牧和羅本立刻噤聲，但手表卻不肯乖乖閉嘴，不斷發出聲音，告知鑰匙與他們之間剩餘的距離。

因為手表無法摧毀，更無法手動操控，就算想要靜音也是不可能的，因此他乾脆把剛才拿來綑綁腳踝關節的繃帶纏繞在自己的手腕上，好不容易才勉強讓聲音降到最低。

幸好這東西足夠厚，加上綑完腳踝還有剩下，否則他真的要遭殃了。

「你反應真快。」

「只是剛好看到能用的材料，順手拿來用而已。」

面對羅本的讚美，左牧並不在意。相較之下，他比較擔心生物有沒有發現他們的位置。

慶幸的是，生物慢慢消失在他們的視線中，它的身體有著嚴重的傷勢，右手斷裂，左腹開了個洞，連頭皮也被削掉一大半，但依照它的恢復速度，不需要花上太長時間，應該就能恢復如初。

「都變成那副模樣了還能走動……到底是什麼樣的怪物？」羅本還是第一次見到這種東西，忍不住驚呼。

「見過它的恢復能力之後，你會更意外的。」左牧拍拍兔子的臉頰，讓他把自己扶起來。

兔子乖乖照做，動作非常小心，生怕弄痛了左牧。

「現在該來討論要怎麼殺了那個生物了。」

「生物嗎？我倒覺得它更像生化武器、人體實驗什麼的。」

「在這東西出現之前，你應該也有看到直升機吧？」

「有，當時我還覺得奇怪，因為同時間出現很多臺，我從來沒見過這種情況。」

「它們是來空投這種生物的，鐵籠上還有編號跟商標，是一家曾做過人體實驗而上新聞的黑心企業。」

「你認真的？我剛才只不過是開玩笑……」

「我想大概是什麼細胞相關的藥劑實驗吧，否則不會讓人類變成這副模樣。」

「你別跟我說那些生物和我們一樣是人類……」

「這我不敢保證，但那家公司所做的人體實驗，警方當時從遺體上採集到強化過的細胞體，不過那些細胞很快就承受不住變異而破裂。」

「你是生物學研究專家？」

「不是，只不過當時的事件我有稍微參與，是很久之前的事了。」

雖然左牧這麼說，但羅本還是狐疑地打量著他。

沒多少時間能猶豫的他們，根本沒有浪費時間的資本，左牧也得好好想想自己該躲在哪個安全的地方，這樣兔子和羅本才有辦法去解決掉那個詭異生物。

原本他是這樣打算的，但羅本卻對此完全沒有信心。

「兔子就算了，我可是完全沒辦法跟那種傢伙面對面，頂多只能像剛才那樣從後方支援。」

「由受傷的我來擔任後方支援角色比較適合吧？」左牧說道，卻被羅本瞬間反駁。

「就算你開過槍，也不保證你能幫上什麼忙。」

「你覺得我的槍法不夠準？」

「肯定沒我準。」

左牧不得不承認羅本說的是事實，但他也不想被人看扁。

「晚上或許還有點困難，可現在是大白天，我的視力好得很，不會打偏。」

他懶得跟羅本繼續爭執，向他伸出手，「如果你不想看你的玩家死亡的話，就乖乖照我的話去做，把狙擊槍給我。光靠兔子一個人是對付不了它的，而且我也不認為你完全不能打近戰。」

羅本雖然擅長狙擊，可如果沒有基本的近戰能力，最初相遇的時候，根本不可能從兔子手中活下來。

再說，兔子很容易就接受了他，表示兔子也認可他的實力。

羅本的眉頭皺得死緊，表情百般不願意，但他要是再繼續拒絕的話，總感覺站在左牧身邊的兔子真的會刺他一刀。他都還沒回答，那隻兔子的眼神就已經凶神惡煞到像是要把他脖子割開了。再加上他跟兔子兩人一起行動，搞不好還有那麼一點機會，畢竟兔子真的很強，若當時左牧不在場，光靠他和兔子的遠近配合，搞不好真有機會能拿下那個生物。

但他仍有些許遲疑，如果他跟兔子兩個人都去迎戰，就沒人能夠保護左牧，更不用說他現在腳還受傷，連逃走的機會都沒有。

「你是要我們把你一個人丟在這裡，沒人保護？」

左牧不可能不曉得羅本的擔憂，可是他卻完全不在意：「不這樣做的話，我們就沒有獲取鑰匙的機會。」

左牧的眼神十分篤定，羅本拿他沒辦法，在內心一番掙扎後，最終還是只能乖乖妥協。

「好吧，要是我死了，絕對會纏著你不放。你自己也別離我們太遠，免得我們趕不過去。」他對左牧撂下狠話，左牧卻不以為意，反而笑得很開心。

「那個生物的目標是我，所以我不會跑太遠的。」

「虧你還能這麼悠閒。」

「別看我這樣，我可是緊張得要死。」從羅本手裡拿過他心愛的狙擊槍之後，左牧還不忘提醒：「這可是考驗你們默契的時候，雖然沒辦法用通訊器和你們交談，但至少能聽聲音來判斷你們的情況。」

「這種事你做得倒才怪。」

「誰知道呢。」左牧勾起嘴角，沒有多說什麼，神祕兮兮的態度反而讓羅本有點發毛。

就某些方面來說，左牧簡直比兔子還要讓人害怕。

由於不確定生物的恢復速度有多快，原本三人打算縮減準備時間，但顧及到左牧的傷，最後還是等到他恢復了行動能力後才開始行動。

羅本和兔子都很擔憂，十分不放心左牧，可是被擔心的人卻很開心地擺弄著手裡的狙擊槍，一副完全不在乎的樣子。也許是止痛劑的關係，左牧的臉色比剛才好了不少。

兔子緊黏著左牧，而羅本則是將槍枝背好。

「應該不用教你怎麼開槍吧？」

「不用。」左牧笑著回答，俐落地將子彈上膛。

羅本看出左牧的手法很熟練，也就不再多說什麼。

突然間，手表傳來布魯的警示聲：「鑰匙距離玩家剩餘五百公尺。」

聲音回報的速度很慢，代表生物應該正以非常緩慢的方式移動。

三人聽見後，立刻做好準備，左牧也再次把手表綑綁起來隔絕聲音。

兔子和羅本站在操場中央，隨時注意周圍的情況，因為他們不確定敵人會從哪個方向攻擊過來。

左牧則是爬上器材倉庫的屋頂，雖然過程有點辛苦，但咬一咬牙還是沒什麼太大的問題。

架好狙擊槍後，不遠處便出現了巨大的黑色身影，正搖搖晃晃地走過來。

這座校園的操場相當大，周圍也沒有其他障礙物，所以能看得非常清楚。

當這個龐然大物走到操場中央的瞬間，左牧和羅本同時倒抽了一口氣。

由於之前處於緊急狀態，並沒有看得很清楚，加上生物看見他們後就直接攻擊，根本沒給他們觀察的機會。但這次，他們卻是把這個生物的模樣看得一清二楚。

近乎全裸的紫青色肌膚上，全都是刀痕，甚至還有手術後留下的縫線。全身的肌肉異常隆起，看那手腕的力道，似乎能輕而易舉扭斷人類的脖子。

原本纏繞在它身體上的繃帶早已殘破不堪，只留幾條斷裂的部分還掛在它的手臂和肩膀上。

這樣的身體已經不能稱得上是人，儼然是一個怪物了。

羅本嚥下一口口水，神經瞬間緊繃。

遠看的時候不覺得有多可怕，出現在眼前後才發現，它所散發出的強大壓迫感真不是蓋的。現在的他終於能夠明白，為什麼左牧當時會無力反擊。

而兔子的態度依舊輕鬆自若，完全不受到對方的氣勢影響。

正確來說，兔子是用不輸給它的氣魄，散發出強烈的殺意。

他覺得兔子完全可以跟對方一對一拚殺，說真的，他不認為兔子打不過對方。

「準備好了嗎？」他握好手中的步槍，詢問兔子。

兔子點點頭，接著拿出兩把爪刀，反轉後緊緊握住。

到這種時候都不打算用槍啊，羅本不得不佩服兔子的勇氣和堅持。

他依照左牧的意思，抬起手點開戴在耳朵上的通訊器。只不過是一個舉手的動作，沒想到那個生物居然筆直地衝了過來，害他差點反應不及。

這傢伙不只敏捷，速度也快到讓人難以招架。

幸好兔子反應很快，雙手交叉在身前，徒手擋住這一記如巨石般沉重的拳擊。明明這樣的力道足以將人類的骨頭擊碎，但兔子卻完全沒有受傷。

他趁生物因為攻擊而停下腳步的時候，單手掌心往它的肩膀上一拍，直接爬到它的背後，反手往它的後頸劃下一道血痕。

生物不為所動，甚至直接反擊，可是兔子的速度比它還快，迅速閃躲，沒讓它有機會抓住。與此同時，羅本也對準它的頭部，趁機開槍。

子彈將它的臉打穿，卻沒有讓它因此倒地，反而把臉對準羅本的方向。

羅本舉起步槍，沒有停止攻擊，他知道以對方的恢復速度來說，這幾顆子彈能起到的效用不大。

但成功轉移它的注意力，也給了兔子攻擊的空檔。

他抓住生物的頭，直接將爪刀插入它的腦袋，一連猛戳好幾次。

即使鮮血噴灑出來，生物依舊沒有發出痛苦的聲音，反而拉住兔子的腳，將他從自己的身上拉下來，往羅本的方向扔出去。

羅本根本不管兔子，直接閃開，步槍槍口沒有離開過對方。

兩人十分辛苦地和生物纏鬥，畫面看起來就像是末日電影，透過狙擊鏡頭將一切看入眼底的左牧，越來越覺得這次的鑰匙爭奪任務簡直是地獄難度。

他從羅本的耳機中，清楚聽到現場戰鬥的聲音，加上狙擊鏡看到的畫面，就算他不在旁邊，也能穩穩掌握戰況。

他現在只需要確保自己的安全，不讓生物發現就可以了。

之前因為太過緊張，加上根本沒喘息時間，現在他卻看得很清楚，兔子在面對生物時的戰鬥姿態，根本不像是落於下風，反而勢均力敵，甚至還壓制住對方。

兔子果然不簡單啊。

他在心中默默感嘆，自己的運氣真的有夠好的。

羅本和兔子配合得相當好，根本不像才認識幾天，而且他們也沒有在一起戰鬥過多少次，卻能夠預測彼此的行動，並做出最適當的反應。

最意外的人是羅本，他原本以為會是他想辦法配合兔子，沒想到兔子竟然也有顧慮到他，一直確認他的方位，甚至製造空檔讓他可以開槍射擊。

不得不承認，兔子的性格雖然和小鬼頭沒什麼不同，但這個男人絕對不像外表那般簡單。

暫時拋開思緒，羅本沒有換彈匣，而是直接拿出手槍瞄準對方的腦袋。

生物的頭部裝置是防彈的，顯然是用來控制巨大身軀的中樞系統，雖說只要毀掉它應該就有辦法解決這個龐然大物，但詭異的生物根本不給他們機會。

兔子也有同樣想法，所以不斷攻擊它的頭部，而羅本則是為了減緩它的行動，朝它的雙腿開槍。

由於細胞癒合的速度很快，他必須無間斷地毀掉正在癒合的傷口。

說實話，這很浪費子彈，可是目前也沒有其他辦法。

就在羅本把手中槍枝的子彈全都打完之後，他立刻換上補充彈匣，與此同時，遠方的狙擊槍也配合這段空檔，往生物的雙腿開槍。

狙擊槍的威力強大，輕而易舉就讓生物跪倒在地上。

羅本十分驚訝，因為這時間卡得太準了。

難道說，左牧透過耳機計算他的開槍次數，判斷出子彈用完必須換彈匣的空檔，緊接著發動攻擊？

若真是這樣，那麼這聽力和計算能力簡直異於常人！

趴在倉庫上方的左牧勾起嘴角，將子彈重新上膛後瞄準後，再次扣下扳機。

第二發子彈打在了生物的右腿上，逼它無法重新站起身。

兔子打算趁這個機會把它頭上的裝置摧毀，但生物卻揮舞強壯的手臂，不給他任何機會。

就算爪刀砍過，生物仍不為所動。

左牧不敢開槍打它的上半身，畢竟他的槍法確實沒那麼準。以這樣的距離來說，最安全的就是攻擊它的雙腿，所以他暫時只能眼睜睜看著兔子和生物纏鬥，幫不上忙。

「這樣下去不是辦法。」羅本忍不住喃喃自語。

左牧也聽見了他小聲的碎念，卻沒有做出回應。

就像羅本說的，兩個人面對這種怪物，想贏根本不可能。

那麼——

他拆掉綑住手表的醫用繃帶，隨即手表傳來的警告聲響，迴盪在空曠的操場上。

「鑰匙距離玩家剩餘一百公尺。」

聲音出現的瞬間，生物立刻回頭盯著倉庫的方向。

兔子和羅本頓時傻眼，怎麼樣也沒想到，左牧的手表居然會在這種時候發出聲音！

他們和生物幾乎是同時奔向左牧的位置，明明雙腿受傷，細胞也還沒癒合，但生物的速度卻快得超乎常理。

羅本根本追不上，而兔子則是拚死緊跟在後。

放大的藍色瞳孔中，充滿驚恐與殺戮的氣勢。就在他看見待在原地、用狙擊槍瞄準生物的左牧時，心臟差點停止跳動。

「讓開。」左牧輕聲說道。

照理來說，在這種情況下，應該沒人能聽見才對，但兔子卻聽得一清二楚。

當下給他猶豫時間只有短短幾秒，而兔子選擇了遵照他的命令。

兔子停下的同時，生物也已經來到左牧面前，在距離不到十公尺左右的地方，左牧扣下扳機。

子彈準確命中生物臉上的裝置，貫穿它的腦袋。

生物終於停止攻擊，像石像一樣在原地不動。

左牧的心臟快要從喉嚨跳了出來，緊張到雙手顫抖，就在他以為自己成功讓生物停下來的時候，兔子突然從旁邊衝了過來，圈住他的身體，將他飛快地從倉庫屋頂帶走。

左牧還沒意識到發生了什麼事，就看到原本靜止不動的生物直接一拳打爆倉庫。

生物的臉因為近距離射擊而炸出一個大洞，原本戴在臉部的裝置也被摧毀，但它依然活著，甚至還能隨意行動。

「這是什麼鬼？」左牧瞪大雙眼，不敢置信，「該不會真的要把它的心臟打穿才能讓這傢伙停下來吧？」

腦袋被摧毀還能夠任意行動、進行攻擊，這根本已經超出常理了！

這個被標記為「PM181」的生物，究竟是什麼鬼東西？

「兔子！這裡！」羅本在後方大喊，兔子聽見聲音，不疑有他，立刻往聲音來源飛奔過去。

與他擦身而過的，是一顆已經拔栓的手榴彈，手榴彈掉落在地上後滾到了生物腳邊。

當兩人和生物拉開距離後，手榴彈隨即爆炸，炙熱的火焰將生物完全吞噬。

高溫成功阻礙生物的行動，也給了兔子空檔，三人會合後，二話不說就往左棟校舍的方向跑了過去。

他們來到藏有補給彈藥的地方，迅速將子彈補滿。

由於剛才的意外，留在屋頂的珍貴狙擊槍子彈大多都跟著生物一起被手榴彈炸毀。

羅本原想責罵左牧突如其來的行動，可是想到結果，還是只能把話吞了回去。

左牧看見他又氣又無奈的表情，苦笑道：「抱歉，那是我當下唯一能想到的辦法了。雖然我很清楚這麼做有多危險，但如果不給那東西造成巨大的傷害，只會越來越難應付。」

「下次不許再做這種危險的事了！你是玩家，我們死了沒關係，你死掉的話，我和兔子都不會好過！」

「哈哈哈……我也沒那個膽量再來一次，剛才我可是被嚇到腿軟，如果不是兔子的話，我現在根本沒辦法坐在這和你說話。」

「頭都被打爆了還能行動，那東西已經不能算是活物了吧？」

雖說當時還有段距離，但生物的腦袋被打爆後還能發動攻擊的畫面，他可是看得一清二楚。

就算細胞癒合速度再快，也不可能快到讓被子彈貫穿的腦袋瞬間恢復原狀。

「看來只能直接開槍射擊它的心臟了。」

左牧的手表仍不斷發出聲響，這表示生物正在附近徘徊，去屋頂探查的兔子回來後將自己看到的情況用粉筆寫在黑板上。

「在附近徘徊。」

「看起來不清楚我們的位置。」

「傷口並沒有恢復」

明明是簡潔有力的回報，卻讓人有種奇怪的感覺。

左牧摸著下巴說：「打壞裝置的決定果然是對的。」

「依照兔子的回報內容來說，確實。」

沒想到羅本才剛表示認同，左牧就突然把手腕的繃帶再次鬆開，手表立刻發出聲響，差點沒把羅本嚇個半死。

「鑰匙距離玩家剩餘一百公尺。」

羅本匆忙抓住他的手腕，但他的手卻瞬間被兔子狠狠抓住。

抬起頭對上兔子那雙凶狠的眼眸，羅本差點停止呼吸，急忙把手鬆開。

「你在做什麼？這樣會被發現的吧！」

「我只是做個實驗。」如果沒有十足的把握，他也不會這麼大膽。

「實驗？什麼意思？」羅本滿臉問號。

「它的聽力很好，在這種距離下不可能聽不見，照理來說，它應該會像之前那樣立刻衝過來才對，但是沒有。」

兔子能感覺到對方的殺意，既然兔子沒有反應，結果就很明顯了。

左牧又接著說：「接下來只是我自己的猜測，聽聽就好。那個裝置應該是主辦單位控制它的儀器，破壞後，它就會失去方向感，加上剛才造成的傷害太大，導致細胞沒辦法像之前那樣快速修復。而細胞是由大腦控制的，它的大腦現在受到嚴重傷害，所以才會讓它的恢復力下降。」

左牧的猜測其實很有道理，而且確實就像他說的，生物並沒有攻擊過來。

「那接下來該怎麼辦？」羅本忐忑不安地問道。

左牧勾起嘴角，已經做好下一步的打算：「現在是我們的機會，所以，絕對要一口氣拿下這次任務的鑰匙。」

他們的目的本來就是取得鑰匙，雖說消耗大量的時間和心力在對付這個生物上，對他們來說很傷，可能之後到任務結束前的幾個小時，他們都得另外想辦法安全度過，但現在也只能見招拆招。

「徹底解決掉這個棘手的傢伙吧，反正再怎麼樣，也不會比對付邱珩少來得更麻煩。」

「哈，說得也是。」這形容讓羅本忍不住笑了出來，因為實在太貼切了。

這句話，也讓他和兔子的士氣著實提高了不少。

BEFORE THE END OF THE GAME

# 規則五：任務間隔時間無限定

ゲームが終わる前に

生物的身軀受到非常嚴重的創傷，右手炸裂，全身上下皮開肉綻，然而它卻依舊不為所動。

傷口的細胞像是擁有生命般蠕動著，但癒合的速度卻遠不及之前，就連被貫穿的腦袋也都還沒完全復原。

現在的生物就像失去方向的瞎子，甚至沒有雙目能夠讓它辨識方向，只能漫無目的地在校舍後方來回走動。

左牧趴在二樓窗臺邊，將槍口對準它，而兔子和羅本則是從背後慢慢接近。似乎是來到它的感知範圍內，生物停下腳步，猛然將頭抬起，分毫不差地面向兩人所在的位置。

這樣已經遭受重創的敵人，對羅本和兔子來說根本不足為懼，現在他們只要想著如何讓這傢伙的心臟停止跳動就好。

左牧透過耳機通訊器下令：「上。」

羅本舉起槍，兔子則是用飛快的速度奔向生物。

也許是出於戰鬥直覺，生物很快就上前迎擊，穩穩接下兔子的武器。

兔子發現它的反應慢了不少，但力道仍然很強勁。在缺少視覺的狀況下，要能立刻反應過來，好像有點說不過去。

物。

「是判斷有誤嗎？」左牧瞇起雙眸，仔細思考，繼續透過狙擊鏡觀察那個生物。

對方看起來並不像完全失去聽覺，難道說，裝置只是輔助工具？

細胞生長速度迅速、擁有強大的恢復力和超越人類的身軀，取而代之的，是視覺和聽覺大幅度降低，所以才需要裝置的輔助。

世界上不可能存在完美無缺的生物，這場鑰匙爭奪任務，該不會是主辦單位用來測試這些生物的吧？

若是這樣，主辦單位的那群傢伙還真是有夠惡劣的。

生物雖然不是完全聽不見，但光是這樣就已經讓他們占盡優勢。

再怎麼樣，兔子也不可能輸給殘缺不全的怪物。

兔子以飛快的速度，毫不間斷地攻擊生物，即便它已經跪倒在地都沒有停下來。羅本的槍口也對準它心臟的位置，但它的肌膚就像鎧甲一般，步槍連續射擊都打不穿，簡直比裝甲車還要堅硬。

在兩人的奮力攻擊之下，毫無還手能力的生物終於停止動作，面部朝下倒地不起。

為了確保它不會再爬起來，兔子用銳利的軍刀劃開它的胸膛，徒手將心臟挖了出來。

溫熱的心臟緩緩在兔子的手掌心跳動，最後被他用力掐緊，直至變成一坨毫無生氣的肉塊。

鮮血染紅兔子的衣服，他卻絲毫不在意，笑彎著雙眸朝左牧看了過去。

左牧不禁苦笑，兔子雖然看起來人畜無害，但在這種情況下，還是讓人感到心有餘悸。

兔子毀掉心臟的同時，左牧的手表也傳來聲音：「恭喜您，左牧先生。您取得了第一把鑰匙。」

說真的，他一點也不覺得高興。

「原來『鑰匙』不是實體化的東西嗎？」

「遊戲結束後，鑰匙會放置在您的『巢』中，請不用擔心。」

「所以現在我只要等待任務時間結束就好？」

「是的。」

左牧鬆了口氣，用耳機通訊器把兩人叫回來。

羅本很擔心武器的數量，二話不說就跑到其他藏匿武器的地點檢查，而兔子則是滿臉鮮血地蹲在左牧身邊，完全不覺得這副模樣會把人嚇死。

「你就不能先去廁所把自己弄乾淨嗎？」

兔子歪頭看著他，眨眨眼睛，似乎不太明白。

左牧沒辦法，只好拐著腳，硬把人拖到隔壁廁所，強行壓住水龍頭的水，噴在他身上。

兔子全身都濕答答的，但臉上的血總算被清洗乾淨了。

他甩甩頭，單手將頭髮往上撩起，雙眼緊盯著左牧，似乎是在問他結束了沒。

「抱歉，沒有毛巾給你用。」

兔子笑得很開心，完全不在意，直接抓住他的衣服，用臉磨蹭。

左牧很想把人推開，但根本無力做到，只能就這樣充當毛巾，乖乖站在那讓他擦。

光是這樣兔子還不滿意，順勢摟住左牧的腰，像黏人蟲一樣跟他緊緊相貼。

扛著大包小包回來的羅本，看見兩人相擁的畫面後，頓時想要轉身離開。

「喂，你別給我跑得這麼快。」左牧不爽地說。

羅本停下腳步，無可奈何，只好乖乖走回來，將袋子放下。

「我剛剛把剩餘的裝備清點完，用掉了不少。」

他們不只把裝備藏在這棟校舍，倒塌的那棟裡也藏了不少。可惜人算不如天算，誰也猜不到，右棟校舍會被那種怪物徹底摧毀。就算順利拿到鑰匙，但也付出了同等的代價。

「沒關係，我覺得邱珩少不見得有餘裕能夠來對付我們，趁現在休息一下吧。」

「你還真有自信。」

「光是一隻我們都打成這樣了，複數以上的話困難度也會跟著提高不少。再說，那種生物並不是用武器就能夠簡單殺掉的。」

一隻還算可以處理，但複數以上的話，要掌握行動是很困難的，而且既然已經知道主辦單位是透過頭部裝置控制它們，也無法排除這些生物會不會有合作的可能。

若是這樣的話，想要獵殺它們的難度便會上升不少。

「到目前為止，看起來像是要玩家之間互相獵殺，但實際上，這依舊是個找鑰匙的遊戲。就算邱珩少無意取得第五把鑰匙，還是得對付它們，畢竟那些生物並不會因為這樣就放棄攻擊玩家。」

羅本嘆了口氣，看起來似乎還沒完全放下戒心。他拿起狙擊槍和武器袋，走到旁邊的角落。

「我來檢查武器，你先休息吧。」他看了左牧的腳一眼，「盡量別去動到左腳，現在是因為止痛藥的關係，就算你沒有感到疼痛，並不代表你的傷好了。」

「好。」不用羅本提醒，左牧也很清楚。

止痛藥的效果早就已經消退了，雖然他沒有表現出來，但他已經痛到想在地上打滾。

危機解除後，心情也跟著放鬆，左牧開始有些昏昏欲睡。

在他眼皮快要闔上之前，他看見了兔子溫柔的目光，可是現在的他已經什麼都不想思考了。

就算只有幾分鐘也好，讓他稍微休息一下吧。

這次的遊戲很奇怪。

會這樣認為是有根據的，並不是胡亂猜測。

拿到鑰匙之後，左牧幾乎睡完了剩下的任務時間。而最開始拿到的那張地圖完全沒有使用到，就連其他玩家也沒有派罪犯過來追殺最容易下手的他們。

「本次鑰匙爭奪任務已結束，玩家所在區域解除限制，請各位玩家到下車地點等候。」

這次任務結束只公布玩家可以離開指定區域，並沒有特別說明是不是和以往相同，必須在晚上九點半前回到各自的「巢」。若依照原本的規定，那麼這段時間無疑會成為最危險的時段。

然而，左牧三人來到校門口，發現早上接送他們的那臺轎車已經在等候。沒有人招呼，也沒有任何提示，車門自動打開，顯然是要他們搭上這輛車。考慮到左牧的傷勢，兔子和羅本趕緊把人推上去，想早點回到「巢」替他進行治療。

左牧本來就沒什麼精神，短短幾個小時的休息對他來說根本不夠，加上有羅本和兔子在場，他也就很放心地放任自己繼續沉睡。

當他再次清醒的時候，已經回到了自己的「巢」，躺在臥房裡休息。受傷的左腳被包紮得好好的，不像之前那樣疼痛。但總感覺室內溫度很低，明明蓋著被子，卻還是冷得發抖。

翻開棉被後，他總算明白原因。

因為他全身赤裸，連內褲都沒穿，就這樣蓋著棉被，不冷才怪。

左牧頭痛萬分地把臉埋入掌心，長嘆一聲：「兔子，給我過來。」

他沒有用很大的音量說話，但兔子卻立刻衝到門口，眼眸閃閃發光地看著那張無奈的臉。

兔子沒有意識到自己做錯事，大概是覺得有好好照顧左牧，便直接跳到床上，像小狗一樣渴望被他稱讚。

兔子純真無邪的態度，反而讓他不忍心責怪。

說穿了，兔子是替他著想，並沒有其他想法，也不是在惡作劇。

他只好摸摸兔子的頭，稱讚他做得好。

兔子很自豪，但又十分克制自己不要用力抱住左牧，就怕太粗魯的行為會讓左牧的傷勢惡化。

「你的傷不要緊吧？」

兔子搖搖頭，擔心地看向他的左腳。

「我沒事。」左牧翻開棉被，往浴室的方向走去。

走路雖然有點慢，但影響不大，只不過短時間想跑步或跳躍是不可能了。

也就是說，之後幾天，他會成為累贅。

「你受傷的事情絕對不能被其他玩家知道，原因你應該很清楚。」

羅本聽見浴室傳來聲音，便走到門口。完全沒有發現到他的左牧，差點被他嚇個半死。

幸好他已經穿上褲子，就算都是男人，他也不想老是被其他人看光。

左牧脖子圍著毛巾，一看見羅本就問：「鑰匙呢？」

羅本指著他的手表，左牧剛開始還沒反應過來，直到聽見他說「那東西並不是實體存在的」才恍然大悟。

原來所謂的「鑰匙」，是存在於系統之中，必須查看玩家的手表來確認的「虛擬物品」。

「布魯。」

「是的，左牧先生。」

「要怎麼使用這個東西？」

「您只需要呼喚我就可以了。」

「有鑰匙的玩家可以取得領地，對吧？」

「是的，您已經做好決定了嗎？」

左牧看了羅本一眼：「不，還沒有。」

無法看見的物品雖然讓人沒什麼真實感，但至少他終於拿到了第一把鑰匙。

羅本雙手環胸，神色凝重地對他說：「我知道你需要休息，可有件事還是要先跟你說一下。」

聽羅本的口氣就知道，絕對不是什麼好消息。

他走向椅子，坐了下來，等待羅本開口。

「這次的任務結果已經公布了，除了你之外的玩家都沒有取得鑰匙。」

羅本原以為左牧會很驚訝，沒想到他的反應卻相當冷靜，只是輕輕地哼了一聲：「其他玩家都沒有殺死那隻生物？」

「有是有，但因為數量較多，殺死的那隻不見得就是有鑰匙的，而且他們並沒有全部殺完。」

「我們果然在這場任務中是占上風的。」

「什麼意思？」羅本聽出他話中有話，皺起眉頭，「難道你認為這次的任務，是刻意針對我們設計的？」

「我也無法確定，只是覺得這次的任務完全是在針對我。」

「如果是這樣，你不但沒死還活了下來，那接下來他們肯定不會善罷干休。」

「說了只是猜測而已，不用這麼認真。」左牧朝他揮揮手，長聲嘆氣，「總之，現在最大的問題在我身上，只能先觀察主辦單位的態度再來想解決辦法。」

「既然你都這麼了說，那麼我也不勉強。」羅本往兔子的方向看過去，發現他不斷用眼神驅趕自己離開，只好放棄想和他繼續討論的念頭。

離開房間前，他對左牧說：「明天遊戲還是會準時開始，所以你今天最好多睡一點，養足體力。」

「嗯，我知道。」

羅本轉而和兔子對上眼，兩人不知道默默交換了什麼訊息，接著羅本就獨自走了出去。

左牧很在意這兩個人剛才到底用眼神傳遞了什麼訊息，但他的體力真的撐不住了。明明已經睡了很長時間，可是精神仍不太好，不知道是不是因為吃藥的關係。

他甩甩頭，想要爬回床上睡覺的時候，發現兔子已經躺在上面，還很自動地翻開棉被，用興奮期待的表情等著他過去。

左牧實在沒力氣斥責，只能就這樣迷迷糊糊地爬上床，倒頭就睡。

兔子開心地替他蓋好眠被，將他整個人緊緊抱在懷裡，不出幾秒鐘的時間也跟著呼呼大睡。

溫馨又可愛的畫面，完全不像是活在殺戮遊戲之中。

如今，這樣的短暫時光，卻已經是他們生活裡彌足珍貴的小確幸了。

充足休息過後，左牧的精神恢復不少，只要把左腳固定好的話，慢慢走路沒有什麼太大的問題。

比較讓他意外的，是直到隔天的遊戲時間開始，無論是正一還是最愛纏著他的黃耀雪和博廣和都沒有聯繫他。

明明以前常常找他找到他快煩死，現在卻突然安靜，反而讓人覺得不安。

「你很在意嗎？」羅本其實也在懷疑，不過站在他的立場來說，如果能讓其他玩家和左牧分開的話，倒是挺不錯的。

「怎麼可能不在意？要是其他玩家之間的狀況有變，我們的處境也會很不妙。」

「那麼，要先去拜訪其他玩家？」

左牧想了下：「不，暫時先看看狀況。我們得小心點，不知道主辦單位最近在搞什麼，隨意行動的話反而很危險。」

羅本不覺得左牧會做出衝動的決定，所以很放心。

「現在我們要做什麼？」

「照原訂計畫去找呂國彥的搭檔。」

他們的目標仍沒有改變，只不過誰都沒有料想到，接下來即將發生的事，會帶給他們如此巨大的麻煩……

「左牧先生，早安。」

三人剛離開「巢」沒多久，手表便傳來布魯的聲音。

左牧看了它一眼，心中頓時有種不祥的預感。

「有什麼事？」

「今晚將公布下一場鑰匙爭奪任務的時間與內容，請於晚上十點至客廳等候。」

這個公告讓左牧瞬間皺起眉頭，而羅本也是相當訝異。

主辦單位從來沒有在間隔如此短時間內連續進行任務，這太奇怪了。

「喂，真的很不對勁。」羅本開始緊張起來，「這種事從來沒有發生過，感覺主辦單位有什麼陰謀。」

「果然很奇怪嗎……」

「中間通常會相隔至少一個星期才會進行下一輪的鑰匙爭奪任務，不會這麼緊湊。」

「這樣就能證明，主辦單位在暗中策劃某件事。」

「雖然不想承認……但或許他們真的想取你的性命。」

「殺了我有什麼好處？」左牧聳肩，「除非我手裡有他們想要的東西。」

「不是有嗎？」

羅本看著左牧，而左牧的眼眸則是慢慢垂下。

該不會，主辦單位已經發現隨身碟在他手上？

如果是這樣的話，不就表示徐永飛也被發現了？

「這樣下去不太妙。」

「嘖，我當然知道，但不能去找他。」左牧厭煩地咋舌，看得出他心情不太好。

現在去見徐永飛的話，有可能會暴露他的行蹤，而且他也擔心自己的傷勢會成為下次任務中最棘手的麻煩。

事態演變至此，也只能見招拆招，就怕主辦單位根本不給他們喘息的機會。

「你有沒有覺得，主辦單位是在阻撓我們去找那個罪犯？」

「也不是不可能，不過我更覺得他們是想玩死我們。」

「你的意思是，想快速讓這一輪玩家全部出局，重開遊戲？」

「也不是不可能。」

「嗯……」羅本認真思考，「太多可能性反而很難猜測。」

「畢竟我們是被玩的那一方啊。」

只要待在這座島上，他們就永遠必須成為娛樂那些人的棋子。

既然救不了呂國彥的命，至少要想辦法幫呂國彥完成他沒有完成的事。

左牧不禁開始懷疑委託人的真正目的，真的只是讓他來找人這麼單純嗎？

「趁這幾個小時輕鬆一下吧，還不知道主辦單位葫蘆裡賣什麼藥呢。」羅本嘆口氣，再次看了看他的左腳：「我去調查一下其他玩家的狀況，你就和兔子在這附近轉轉。」

羅本雖然不是面具型罪犯，但他的實力讓左牧相當放心，也就沒有拒絕。

「那麼你之後直接回『巢』，別太勉強。」

「知道了。」

羅本背起包包，迅速跳到樹枝上，像野生動物一樣沿著樹枝快速移動，很快就不見蹤影。而被留下的左牧和兔子兩人，則是慢慢往反方向離開。

「各位玩家晚安，接下來要公布明天的鑰匙爭奪任務內容。」

晚上，左牧三人準時坐在客廳等待主辦單位的公告，左牧和羅本的內心忐忑不安，兔子卻輕鬆自在地黏在左牧身邊，根本不在乎主辦單位要宣布什麼。

「請各位不用擔心，這次的任務內容相當簡單。明天早上八點半，會有專車到各位的『巢』接送玩家到指定地點。但這次任務除了玩家之外，只能攜帶一名面具型罪犯搭檔隨行，若有人暗自跟隨車輛，玩家所搭乘的車子將會引爆，還請留意。」

「什……」羅本聽到這裡，心裡浮現出不祥的預感，立刻轉頭看向左牧。

左牧沉著臉沒說話，只是靜靜看著電視螢幕。

「任務結束後，會將各位玩家平安送回『巢』中，但主辦單位不負責保證玩家在任務進行中的人身安全。玩家允許隨身攜帶武器，搭檔所攜帶的武器數量和種類也沒有限制。」

主辦單位說得很輕鬆，可是關於任務的內容卻隻字未提。

這種讓人不安的說明方式，反而讓事情變得更加詭譎。

「此次任務採用回合制，一共三個回合，請玩家與最有默契的搭檔一同前往。

「那麼，再次預祝各位玩家順利完成任務。」

主辦單位解說的時間非常短，花不到幾分鐘就結束了。

當畫面自動消失後，羅本立刻從沙發上彈起來，氣憤不已：「搞什麼？這擺明是針對玩家吧！」

連續兩次無間斷的任務已經是特殊情況，結果這次任務規則不但沒有說明清楚，甚至連內容都這麼曖昧不明。

「你先別這麼生氣。」左牧拉住他的衣服，抬起頭來，「我說過的吧？見招拆招，而且這對我們來說說不定是好消息。」

羅本皺起眉頭看著左牧，過幾秒鐘後，才重新坐回沙發上。

他有氣無力地說：「雖說我覺得有兔子在應該沒問題，但要我待在這裡等你們回來，才是最讓人煎熬的。」

「你如果不想讓我被炸死的話，最好乖乖待在這裡。」

「我又不是豬隊友。」

「哈哈，這我知道。我對你有信心，所以你也要信任我。」

羅本雖然很想坦白自己已經完全信任左牧這個事實，然而他卻說不出口，就像倔強的老頭子一樣不肯承認。

兔子不知道察覺到什麼，突然把左牧拉過去，緊緊抱著，用銳利的眼神狠狠瞪向羅本，像是在宣示主權。

羅本搔搔頭髮，既無力又懶得解釋。

不管他說什麼，兔子都不會乖乖聽進去的吧。

「那麼我明天就睡到自然醒。」
「嗯，趁這機會好好補充體力，難保主辦單位又有什麼鬼點子。」
「你覺得明天的任務真的這麼單純？」
「當然不覺得，所以才要你小心點。」
「這樣看來，無論是留守還是去參加任務，都是差不多的。」
無法幫上忙，對羅本來說是最糟糕的事。現在只能期望，明天他們能夠平安歸來。
在聽完主辦單位的公告後，左牧和兔子回到臥房，相較於爽快撲到床上躺著的兔子，左牧反而眉頭深蹙，陷入思考。
兔子眨眨眼，盤腿坐在床上，像個孩子般望著他。
「兔子，雖然你以前都是局外人，但這次的情況你怎麼看？」
身為旁觀者的兔子，雖說很多時候沒有直接參與遊戲，但在這座資訊封閉的島嶼上，身為資深的「居民」，應該多少有所耳聞。
可是兔子卻只是傻傻地盯著他，藍色眼眸流露出天真無邪的神色。
不知道他是真不懂還是裝傻，左牧也只能嘆氣。
「明天不知道要面對什麼，還是早點睡吧。」他放棄追問兔子，畢竟這個人的想法，比主辦單位還要難以捉模。

兔子當然是愉快地掀開棉被，再次躺好，輕輕拍打身邊的位置。

左牧早就從最開始的抗拒，慢慢變成麻木。對兔子來說，一起睡覺是一種親密的表現，不過他覺得自己更像是陪睡的娃娃。

他爬上床躺好，兔子從背後小心翼翼地抱著他。

左牧很快就沉沉睡著，而在他身旁的兔子，則是在漆黑的房間裡睜開雙眸。藍色眼眸明亮如炬，就像躲藏在深夜樹林的狼，光是看著就不禁讓人寒毛直豎。

兔子安靜地起身，沒有吵醒左牧，慢慢離開臥室。

即便屋內沒有半盞燈光，他也能在黑暗中看得一清二楚。

就在他打開大門想要溜出去的時候，一把槍抵住了他的後腦勺。但兔子卻沒有絲毫動搖，甚至像是早已發覺對方的存在。

「你要去哪？」

羅本很清楚，兔子不可能沒發現自己靠近，露出這麼大的破綻，分明是故意的。

表面上看起來是他占盡優勢，但他手中的槍估計也起不了多少威嚇作用。

兔子轉過頭，兩人的視線在黑夜中交錯。照理來說，漆黑的夜晚應該看不太清楚，可是羅本眼角的餘光卻清楚看見刀光從眼前掠過。

幸好羅本反應快，急忙仰頭閃過，才沒讓脖子被短刀割開。

兔子是認真想要殺了他，剛才那刀完全沒有留情。

「混帳！你居然——」羅本原想抱怨，但在看見兔子眼中的厲光後，只能把話吞了回去。

他收回手槍，好聲好氣地對他說：「我大概猜到你想幹什麼，可是這樣做風險太大，你還是乖乖回去左牧身邊吧。」

兔子用手勢表達自己的想法，看起來就像在手舞足蹈，幸好羅本理解力不錯。

簡單來說，兔子想要趁天亮前去中央大樓調查這次的詭異任務內容。因為羅本和呂國彥都曾經順利潛入，所以他想自己應該也沒什麼問題。而且對自己相當有自信的兔子，絕對不會讓自己被抓到。

可是太危險了。萬一天亮前兔子回不來的話，左牧就只能獨自前往任務地點，這樣反而本末倒置。

羅本把槍收起來，雙手環胸，像個老父親一樣冷臉阻止：「絕對不可以。」

兔子瞇起眼睛，但羅本沒打算退讓。

「你要是有什麼意見，我就把左牧叫醒，讓他來評評理。」

一聽羅本用左牧當成威脅，兔子立刻乖乖聽話。

他原本還以為自己跟兔子之間的關係有轉好的跡象，兔子也比之前能夠接受他，可是現在他能確定，兔子仍沒把他放在眼裡。

光從剛才那一刀就能夠得出結論。

「忍著點，現在該擔心的是主辦單位到底想做什麼，打亂規則做出變化，不像是那些傢伙的作風。」

兔子垂下眼眸，點點頭。

羅本鬆口氣：「你明白就好，回左牧身邊去吧。」

成功阻止兔子亂來的羅本打了個哈欠。他是察覺到屋內有人才醒來的，所以還很睏，恨不得趕快回房間睡覺。

正當他想要離開的時候，兔子卻罕見地抓住他的肩膀，把他攔了下來。

羅本嚇了一跳，轉頭問道：「做什麼？」

兔子指向客廳的螢幕，再指指手腕。

「你是想說鑰匙嗎？」

兔子搖頭，再次重覆剛才的動作，指向自己的軍刀，並往羅本的脖子壓了過去。

羅本下意識往後退了一步，但意識到兔子沒有殺人的意圖，才放心下來。

「你該不會是想說，有人會趁機跑到這裡鬧事？」

他不是很明白兔子想表達什麼，但至少能夠猜出，自己待在「巢」的這段時間應該也不會多麼和平安穩。

但令他懷疑的，是為什麼兔子能夠如此肯定？

「你是不是知道什麼？」

兔子沒有回答，而是回到左牧的臥房，將充滿疑惑的羅本留在原地。

「那隻兔子……究竟該說他聰明還是傻呢？」

羅本忍不住懷疑，這個偽裝成兔子模樣的男人，或許比他想像得還要來得更加精明狡猾。

BEFORE THE END
OF THE GAME

# 規則六：限制範圍的逃脫任務

ゲームが終わる前に

隔天一早，天才剛亮，黑色轎車就已經在「巢」外等候。

因為兔子的關係而睡不著的羅本，還是親眼看著它從島中央的方向開過來的。

和之前相同，車子是由AI操控，沒有駕駛，也沒辦法進入駕駛座。

與稍微失眠的他相反，左牧倒是睡得很舒服，精神飽滿的樣子反而讓他有點不爽。

「你看起來完全不緊張。」吃早餐的時候，羅本終於忍不住吐槽。

左牧抬起頭，用叉子指著他的鼻子，理直氣壯地說：「這是當然的吧，緊張會耗損精力，要是沒辦法全力以赴，就不能從任務中活下來。」

想想也對，但問題是左牧的態度真的太過輕鬆，彷彿是要去郊遊一樣。

「喏。」

羅本把兩包捆得緊緊的布團交給兩人，圍著圍裙的他，就和老媽子沒什麼不同。不過左牧倒是已經習慣了。

「這是乾糧，以防萬一用的。」

「是給我們吃還是用來下毒？」左牧賊笑著提問，然後被羅本狠狠瞪了一眼。

「當然是給你們吃的，天曉得主辦單位要把你們帶去哪裡，這次又沒有說明時間，萬一超過二十四小時怎麼辦？」

「我說過吧？見招拆招，猜測太累了，還不如當下的臨場反應。」

「看你信心十足的樣子，讓我覺得自己的擔心很多餘。」

「我向你保證，我會盡量活著回來。」

這句話雖然沒有起到多少安慰效果，但羅本還是深深地記在心裡。

他目送兔子和左牧搭上轎車離去，在心裡默默祈禱能夠再看見兩人。與此同時，他也想起兔子昨夜的「警告」。

「我也不能太過鬆懈了。」他提醒自己，返身走回屋內。

車上的兔子和左牧不發一語，最主要原因，是從進入轎車的那瞬間，他們就已經完全在主辦單位的監控之下。

左牧帶著小背包，而兔子則是很難得地帶了一個腰包。

武器除了他最擅用的軍刀之外，還有一把小手槍。這還是羅本逼著他帶的，備用彈匣也只有兩個，顯然兔子完全沒有要使用它的意思。

車程大約三十分鐘，他們來到島中央的一處建築。

下車後，兔子就緊緊黏在左牧身邊，任何細小的動靜都不放過。

這棟建築很像辦公大樓，和島上的中央大樓十分類似，但不是同一棟。

一樓的自動門打開後，沒有人前來接應，而是透過螢幕顯示的字幕來指引方向。因為眼前就是電梯，左牧原本以為是要搭這個，但螢幕卻指示他走樓梯到三樓。

不是很想走樓梯的左牧露出厭煩的表情，兔子則是自動蹲下來，示意要背左牧上樓。

「我還沒弱不禁風到這種程度。」左牧從他身邊繞過去，接受現實，自己爬上樓梯。

來到三樓，這層樓內除了逃生出口的燈光外，沒有任何光源，就連窗戶也被木板釘死。

樓梯口的牆壁上放有緊急逃生用的手電筒，左牧沒辦法，只能用手肘把玻璃打碎，拿出手電筒來進行照明。

安靜無聲的空間裡，只能聽見他跟兔子的腳步聲。

這是一棟以電梯為中心的正方形樓層，面積不大，算下來只有四間辦公室。辦公室的門都是打開的，每張桌子上都放置著電腦和生活用品，彷彿不久之前都還有人使用。

「該不會玩家又被分散在不同的建築裡進行任務？」左牧忍不住開始懷疑，畢竟從進門開始，他就沒看見半個人，尤其是在這棟大樓裡，根本感覺不到人的氣息。

他有點緊張，下意識往兔子的方向靠近，沒想到下一秒，左手邊的電腦螢幕突然發出聲響，嚇得他原地跳了起來，直接扒在兔子身上。

兔子相當冷靜，不為所動，但被左牧主動抱住，還是讓他感到開心不已。他用開著小花的喜悅表情看向左牧，失態的左牧不禁滿臉通紅，輕咳兩聲後鬆開手，裝作什麼事都沒發生，默默退開。

「搞什麼，又不是在拍恐怖片，電腦為什麼突然就……」

左牧把手電筒照向電腦螢幕，一片黑之中，只有游標在左上角閃爍。聲響是來自電腦主機，「嗶——」的尖銳長音讓人很不舒服。

兔子看見左牧面有難色，便把電腦電源切斷，讓這臺電腦再也開不了機。

沒想到，辦公室裡所有的電腦突然在同一時間啟動，刺耳的聲音籠罩整間辦公室，就算摀著耳朵仍感覺耳膜快要被震破。

「唔，這是怎麼回事？」左牧急忙從辦公室逃出去，而聲音也在他們離開後瞬間停止，簡直就像是知道他們離開一般。

這種毛骨悚然的感覺，害左牧忍不住打了一個寒顫。

他彷彿是恐怖片裡的主角，無論是場景還是發生的事，全都充斥著詭譎的氣息，讓人很沒有真實感。

「主辦單位是想害玩家精神衰弱嗎？」

換成平常，主辦單位應該會立刻開始說明任務內容才對，但到目前為止，他們就只有搭車過來，連任務是不是開始了都不知道。

還沒來得及緩和緊張的心情，樓梯口的鐵門便突然掉落，緊接著電梯上方的螢幕傳來熟悉的聲音。

「歡迎來到雷克大樓，這裡是各位玩家挑戰鑰匙爭奪任務的起點。」

「嗚哇，嚇死我了……」即使是熟悉的聲音，仍把左牧嚇得不輕。

他驚魂未定地看著螢幕，內心彷彿有一萬句髒話飄過。

「請各位找到開啟電梯門的鑰匙，進行逃生，此棟大樓將會在三小時後引爆。」

「什麼？又來這招？」

「螢幕會顯示玩家所剩的時間，請各位帶著輕鬆愉快的心情享受遊戲。」

左牧還沒來得及罵完，螢幕上就出現倒數計時器。

看著飛快跳動的秒數，左牧忍不住扶額嘆息。

「兔子，看來我們又要找東西了。」

兔子點點頭，看起來很輕鬆，根本沒把「大樓即將爆炸」這件事放在心上。

看他這麼悠哉，左牧反而壓力很大，因為這代表兔子信任他能夠順利過關，若是讓他失望的話，他跟兔子的小命都會不保。

「唉……往好的方面想，至少沒有什麼奇怪的生物。」現在他也只能安慰自己，盡可能不去想最壞的情況。

「又要找東西，主辦單位設計任務是不是越來越懶了？」重新開始在辦公室裡尋找電梯門的鑰匙，左牧還不忘碎碎念，「說到底，我們連鑰匙是不是實體都搞不清楚。」

根據剛才的公告，能夠知道的只有逃脫方式，以及——

「不過，一想到其他玩家也在不同樓層尋找鑰匙，心裡就突然踏實許多。」

左牧肯定，其他玩家一定也被帶到這棟大樓，在不同樓層尋找電梯門的鑰匙。

雖然這代表邱珩少也在這裡，但至少他並不是只有一個人。

兔子安靜地舉起電腦椅查看，甚至還翻找垃圾桶，但都沒有任何收穫。

三間辦公室他們都去過了，唯獨電腦集體故障那間，左牧打死都不想踏入。

可是，現在只剩那間沒有徹底調查，如果鑰匙真的在那裡的話，他們說什麼也得進去。

「只剩兩個小時，再猶豫下去絕對會來不及。」左牧的眼神死得透徹。

他是真的很不想踏進那間詭異的辦公室啊！

兔子拍拍他的背給予鼓勵，雖然沒辦法讓他立刻安心，但左牧也只能硬著頭皮走進去。

辦公室裡的電腦暫時都很平靜，不過主機運轉的聲音倒是聽得十分清楚。

電腦螢幕全都是開啟的，呈現待機狀態的藍色畫面。

這麼多臺電腦當中，除了被兔子砍斷電源的那臺之外，還有幾臺螢幕是黑色的，格外顯眼。

左牧試了試那幾臺電腦，發現它們根本沒開機，正在思考原因的時候，旁邊突然傳出巨響，差點把他嚇到心臟病發。

「兔子，你在幹什麼啊？」

兔子莫名其妙拿起電腦主機，開始往地上摔，擺明就是想把所有電腦砸爛。

聽見左牧的聲音後，他才停了下來，露出狐疑的表情。

「你這傢伙……該不會是覺得鑰匙藏在主機裡吧？」

兔子點點頭，很高興左牧竟然知道他在想什麼。

「不會藏在那種地方的，這跟之前的任務完全不同，所以，給我把電腦放下。」

兔子垂頭喪氣地乖乖照做，黏回左牧身邊。

左牧猜測這次任務應該很單純，所以並沒有過多關注惱人的電腦，只當成鬼屋機關看待。

最後他注意到辦公室最深處的茶水間，用手電筒往裡面照了一下。

這層樓的茶水間是設置在外面的公共區域，只有這裡內部還有另外一間，理所當然引起左牧的注意。

不過，調查後卻發現他的想法是多餘的，因為這裡根本沒有半點線索。

「剩一個小時……時間過得還真快。」

左牧往窗戶的方向看過去，既然主辦單位說要爆破大樓，窗戶應該也被悍死。

從窗戶逃走是不可能的，保險起見還是乖乖按照遊戲規則比較好。

兩人回到公共區域，陷入苦思。

「看來不是想找就能找得到的啊。」

視線不佳，時間有限，目標物品不確定性太高——這些全都增加了尋找的難度。

「乾脆破壞電梯門逃生吧……」

左牧只是隨口說說，沒想到兔子竟然真的想要徒手撐開電梯門，差點沒把他嚇死。

「我隨便說說的，你別當真啊！」

在阻止兔子做蠢事的時候，電梯旁邊的牆壁突然打開，噴出大量乾冰。

兔子急忙抓住左牧往後退，拿出軍刀提高警覺，眼神銳利地瞪著開口處。

白色煙霧中，有兩個光點微微發亮，直到乾冰完全消失後，左牧才看清楚那是什麼。

那是一個刻著模糊人臉的圓形石盤，張開嘴巴，呆滯地望著他們。

遠看像個裝飾品，但這裝置怎麼看都覺得眼熟。

左牧停頓幾秒，感慨道：「不會吧，真理之口？」

這個裝飾品，很像是古希臘的珍貴遺跡。這絕對是主辦單位仿造出來的贗品，但在黑暗中，光芒已經消失的黑色眼洞和微張的嘴，跟恐怖片幾乎沒什麼區別。

此時，螢幕又再次傳來主辦單位的公告。

「想取得電梯門鑰匙的玩家，請向希臘之神真心祈求，神會替各位指引方向。」

充滿傳教意味的話語，在左牧聽來根本就是胡說八道。

很顯然，前面兩小時的時間是故意要他們玩，鑰匙根本沒有藏在樓層之中。

「我現在真的很想揍人。」

剛放下戒心的兔子，倒是對裝置很好奇，不斷在它旁邊來回觀察，甚至用手去戳它的眼睛。

看兔子玩得這麼開心，左牧忍不住長聲嘆息：「怎麼看都是要把手伸進去，我最討厭這種遊戲了。」

左牧才剛把話說完，兔子就突然把手塞進真理之口，讓他當場傻眼。

「兔……你這笨蛋到底在做什麼！」

他很擔心會啟動什麼奇怪的機關，沒想到兔子卻輕輕鬆鬆就把手又拔了出來，什麼事都沒發生。

左牧傻了，這樣都沒事的話，只有兩種可能。

一，是機關必須由玩家來觸發；二，是這個裝置根本只是用來嚇人的。

他覺得再怎麼樣都不像是後者，也就是說，他沒有選擇的權利。

左牧站在真理之口前面，深吸一口氣，將手伸了進去。

真理之口的眼洞再次發出紅光，左牧手腕上的手表也跟著發亮，很顯然是配對成功，證實他的猜測沒錯。

他試著把手抽出來，卻發現似乎有某種力量將他的手臂緊緊扣在裡面，無法動彈。

在這麼近的距離，那雙散發著紅光的眼睛越看越令人發毛，加上行動被限制，更讓人陷入恐慌。而且不知道是不是剛噴過乾冰的關係，他覺得溫度有點低。

兔子緊張地看著左牧，怕他受傷。

「我沒事，不要緊。」左牧安撫他，否則總感覺兔子會用拳頭把真理之口砸爛。

「玩家您好。」意料之外，真理之口突然禮貌地向左牧打招呼，「現在開始進行『真理審判』，請您如實回答問題。若無說謊，方能取得進入下一個關卡的資格。」

回答問題？

左牧皺起眉頭，主辦單位顯然是刻意安排這個機關，這讓他開始擔憂對方會問出什麼樣的問題。

看來要是不老實，主辦單位就能「合理」地將玩家殺死。

上回利用罪犯挑起鬥爭，結果造成混亂，不但沒有解決問題，還留下隱憂，所以這次主辦單位才會換一種做法吧。

不得不說，那些傢伙的改進能力還真不錯。

「請說出您最想殺死的玩家的名字。」

出乎意料之外的問題，讓左牧一時沒有反應過來。

這是什麼鬼問題？他還以為主辦單位會問得更加——

左牧不由得往兔子的方向看過去，但兔子卻沒什麼反應，反過來歪頭盯著他。

「為什麼非得回答這種問題……唉。」

左牧沒辦法，說實在話，他根本沒想過要殺死誰，但不好好回答的話，自己的處境又會變得很危險。在左右為難的情況下，左牧猶豫許久，好不容易才做出決定。

「若真要選一個人的話，邱珩少吧。畢竟我差點被他害死。」

「謝謝您的回答。」

真理之口散發紅光的眼眸慢慢閃爍後熄滅，左牧感覺到磁力消失，便把手抽了出來。

他的心臟到現在還是跳得很快，當他低頭檢查自己的左手時，才發現手表顯示出一個光圈的圖樣。

接著，旁邊的電梯毫無預警地打開。

「這又是什麼鬼？」

電梯門雖然打開了，但裡面卻沒有電梯。

無論往上看還是往下看，全都是一片漆黑，就算用手電筒試著照明，燈光也沒辦法照得太遠。

「該不會是想要讓我們自己抓著電纜繩跳下去吧?瘋了嗎？」

左牧百思不得其解，兔子倒是一派輕鬆，直接把左牧扛在肩膀上。

他都來不及阻止，兔子就這樣帶著他跳到電纜繩上，抓著它迅速往下滑。

黑暗中雖然什麼都看不到，但那種對未知的恐懼和瞬間的失重感，還是讓他放聲尖叫。

整個電梯井都是他的叫聲，就算被其他玩家聽見也不奇怪，可是他現在已經顧不了身為男人的自尊心，這完全是自然的身體反應。

滑到最底部只用了十幾秒，左牧卻覺得好像過了十幾年。

就算平安踏到地面，他的雙腿仍顫抖不已，就像剛出生的小鹿，只能靠在兔子身上才能勉強站穩。

「兔子……下次提早說一聲，不要這麼突然……」

兔子想要安慰他，伸手撫摸他的頭髮，但早已亂翹一通的髮型怎麼樣都恢復不了原狀。

幸好剛才他死死抓緊自己的眼鏡，否則接下來的時間他都得當個瞎子了。

「這裡是哪？」鬧劇結束，左牧用手電筒照了一下底部。

原本他以為會在這裡見到其他玩家，然而並沒有。

偌大的空間裡只有他跟兔子兩個人。

兔子拉了一下左牧的衣服，指向左邊，左牧用手電筒照過去才發現，那裡似乎有扇門。

「只能從那裡離開？」

兔子點點頭，看樣子另外三面牆都沒有出口。

左牧總覺得自己根本是被主辦單位耍著玩，完全猜不透他們這次到底想幹什麼。

到現在為止，他們都還沒見到其他玩家，光是這點就很奇怪。

另外還有一點就是，這扇門上面有一臺螢幕，正顯示著倒數的時間，就和主辦單位規定的三小時一致。

不可能電梯門的鑰匙只有他找到吧？

黃耀雪就算了，他可不認為博廣和那群人會連這種關卡都過不了。

心裡覺得奇怪，不過現在他也沒有餘裕去擔心其他人。

「歡迎來到地下基地，請穿越前方障礙前往目的地。」

聲音是從螢幕傳出來的，依舊是簡單到不行的說明，乍聽之下沒什麼問題，但左牧卻有種不祥的預感。

在螢幕的倒數計時結束後，門把上的紅燈轉為綠光，和手表呼應後，左牧順利地把門打開。

出現在眼前的是一座巨大的倉庫，三層樓的高度，放置著許多貨櫃。

平常應該是層層堆疊的貨櫃，此刻卻被隨意地擺放。

這顯然很不正常。

「兔子，小心點。」

身後的門牢牢關上，再次變成紅燈。

現在的他們只能前進，沒有後路可退。

兔子左看右看，似乎沒有感覺到什麼危險，為了安全起見，他走在前面帶路。

這些貨櫃雜亂的排列方式，將這個倉庫變成一座迷宮。行走並不困難，但貨櫃之間只有兩個人併肩的距離，走在裡面壓迫感很大。

兔子輕輕鬆鬆跳到貨櫃上方，從高處來判斷前進的方向，左牧就在他的指揮下毫無阻礙地前進著。

因為太過順利，反而讓人更加不安，他並不覺得主辦單位會設計這麼單純的遊戲。

無論是剛才的真理之口，還是現在的貨櫃迷宮，和他們以往的任務相比，真的是小巫見大巫。

「總覺得哪裡不對勁。」

直覺頻頻發出警告，在走到中心位置後，兔子突然停下腳步。

見到他眼神有了變化，甚至慢慢壓低身體，拿出軍刀，左牧就知道狀況不對。

他屏住呼吸，將自己的存在感化為零，輕輕靠在貨櫃之間的角落，想辦法隱藏起來。

兔子跳了下來，將食指貼在他的嘴唇上，示意他別出聲。

左牧點頭，小心翼翼跟著他往前移動。

忽然，「嘎——」的聲響從隔壁走道傳來，左牧的心臟也跟著涼了一大半。

沉重的腳步聲從貨櫃裡慢慢移動到外面，他甚至能夠聽見對方的呼吸聲，就算沒看見是什麼東西，他仍感到十分緊繃。

兔子從聲音判斷出對方的位置，巧妙地帶著左牧繞過去，移動時悄無聲息，沒有發出聲音。

在兔子的幫助下，他們慢慢遠離危險，接著兔子就抱起左牧，帶他跳上貨櫃。

這裡並不安全，但他們的目的並不是躲藏，而是觀察敵人的真面目。

原先左牧就有不祥的預感，在看到真相後，他的臉瞬間變得慘綠。

「不會吧……」熟悉的身形，讓左牧一眼就認出這個讓他頭痛萬分、再也不想見到的東西。

是之前的詭異生物，而且不只一隻。

總共有三個貨櫃被開啟，偌大的倉庫，頓時變得擁擠許多。

生物之間不會互相攻擊，它們只是漫無目的地在貨櫃之間移動。

硬碰硬是不可能的，之前光是對付一隻，就已經讓他們耗盡心力，他可不想再來一次。

怪不得兔子變得這麼謹慎。

兩人沒有說話，就怕聲音會把敵人吸引過來，但要在不發出聲音的前提下在貨櫃上移動，是相當困難的。

左牧用手指暗示兔子，兩人回到走道，邊摸索邊慢慢前進。

雖然時間不長，不過他已經把貨櫃劃分出的路線記在腦中，加上生物是有規律性地移動，光靠這些情報就能讓他們安然無恙地走到出口。

現在只怕出口的門是上鎖的。

與出口的距離越來越近，左牧的心跳卻越來越快，好不容易到了出口，意外發現那扇門並非電子鎖，而是普通的門把。

正猶豫著是不是該打開門的時候，兔子又輕輕拉扯他的衣服。

他的目光往上移，順勢看了過去，發現了一個通風口。

通風口的寬度很大，一成年男子要爬進去也完全沒問題，但聲音會很大，根本就是在通知對方「我人在這裡快來抓我」。

左牧還沒搞清楚兔子的用意，就被重物壓在貨櫃上的巨響嚇了一跳。

轉頭一看，就這樣直直地和生物四目相交。

它神出鬼沒，甚至連兔子都沒察覺到對方已經來到身後。

拳頭迅速砸了過來，兔子也反應極快，瞬間將左牧撲向旁邊，將他護在懷中，硬生生撞在貨櫃上。

握在手裡的手電筒因為這突如其來的攻擊，不小心掉落在地上，被生物一腳狠狠踩爛。而這聲巨響也引來另外兩隻生物的注意，雜亂沉重的腳步聲，正以飛快的速度朝他們逼近。

「兔子！」

面對三隻生物，他們根本無力還手，只能想辦法逃跑。

兔子迅速把左牧橫抱起來，跳上貨櫃，俐落地閃避生物的夾擊。

懷裡抱著人，速度應該不可能太快，但兔子卻絲毫不受影響，閃避速度甚至比平常還要快上許多。

生物攻擊不到兩人，卻將他們逼往死角，看著出口離自己越來越遠，左牧實在不知道該怎麼辦才好。

就在這時，他想起進入這裡之前，ＡＩ公告的內容中提起的關鍵字——「穿越前方的障礙」。

主辦單位口中的「障礙」，該不會指的就是這些傢伙吧？

「該死……」他很清楚，一味逃跑沒有任何意義，必須想辦法擺脫這些生物才行。

左牧真的越來越討厭這些詭異的生物了！

逃到一半，兔子突然發現了什麼，雙腿用力踏上牆壁，落在屋頂上方的鐵欄梁柱上。

這裡終於能讓他們稍微喘口氣，但三層樓高的高度，還是讓左牧腿軟。

「那些傢伙死盯著我們看啊……」

生物們抬起頭，彷彿完全能感知到他們的位置。

明明整顆頭都包著繃帶，為什麼還能「看」得這麼清楚？

總算有一個安全的落腳點，待狂跳的心臟慢慢恢復原本的頻率後，他也看出了這三個生物和前天的有些許差異。

這裡的生物並沒有攜帶輔助裝置，仔細看的話，身材好像也沒有之前的壯碩。

「兔子，這幾個是不是和之前遇到的不太一樣？」

兔子點點頭，拉起左牧的手，讓他抱住旁邊的鐵欄。

左牧臉色發青，已經猜到他想做什麼，連忙搖頭拒絕：「你、你敢把我丟在這裡的話就試──」

話還沒說完，兔子已經跳了下去，左牧只能全身顫抖著，死抱著梁柱不放。

「兔子你這傢伙！」

左牧根本沒有反抗的機會，臉色鐵青地卡在原地動彈不得，感覺只要稍微往旁邊偏一下就會摔落下去。被扔下不管的他只能緊閉雙眼，死命裝作不在乎的樣子。

不知道過了多久，左牧完全沒心思去顧慮底下情況，直到兔子重新跳回他身邊，輕拍他的肩膀，他才緩緩撐開眼睛。

他發現兔子整個人安然無恙，甚至根本沒有戰鬥過的痕跡。

兔子重新將他抱起，快速往下跳，回到貨櫃頂端。

這時左牧才發現，那三隻生物全都被打倒在地，雖然沒看到是怎麼被殺的，但大量的血跡已經可以確定這些生物不會再醒過來。

「果然是這樣啊。」左牧的雙腿到現在都還有些顫抖，不過心裡倒是踏實許多。

光靠兔子一個人就能把它們解決，這幾隻生物果然和之前在學校遇到的不同。

「是劣質品嗎？」左牧忍不住猜測。

無論是剛才的真理之口，還是現在的生物，和之前相比都算是相當「溫和」的任務了，危險程度明顯降低許多。

兔子也跟著點點頭，證明左牧的想法沒錯。

手表再次發出「嗶嗶」聲響，對應著不遠處的裝置。

左牧這才發現，在角落處還有一扇裝著電子鎖的門。

他的心涼了一半，如果說這才是真正的出口，那麼剛才的門究竟是——

不敢再繼續細想下去，現在除了前進，他們別無選擇。

左牧回到地面上，往那扇門走了過去，深吸一口氣，小心翼翼地把門推開。

門的另外一側是一條隧道，看起來有點年代感，不但長滿雜草青苔，還有一股很臭的霉味。

隧道很短，直接就可以看見對面，但因為視線不佳，只能看到模糊的景象。

沒有手電筒果然很不方便，慶幸的是，兔子能夠充當導盲犬來帶領他。

然而，他卻沒想到，隧道的盡頭竟然通往一座巨大的地下競技場。

「這是什麼鬼地方……」

左牧當場傻眼，下意識想要往後退，可是隧道口的鐵柵欄卻突然掉落，直接把他們的後路封死。

左牧臉色鐵青，嘴角微微顫抖。

他怎麼覺得，自己有點像自投羅網的小白鼠呢？

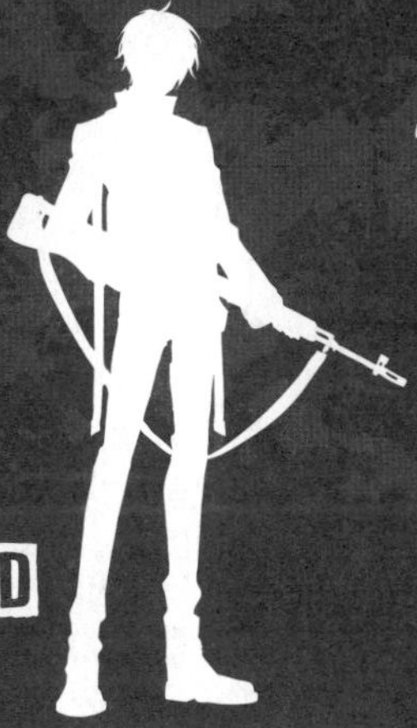

BEFORE THE END OF THE GAME

# 規則七：私人恩怨不得利用任務報復

ゲ　ー　ム　が　終　わ　る　前　に

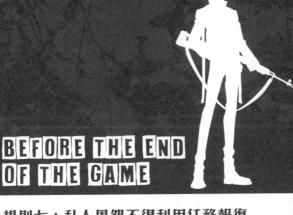

「歡迎來到生死競技場，左牧先生。」

布魯的聲音迴盪在地底空間。

明明是平時聽到膩的聲音，但此時此刻，左牧卻覺得它陌生又可怕。

「布魯……現在又要我們幹什麼？」

「請在這裡稍待片刻。」布魯禮貌回應，並點亮了這個空間的燈。

燈光從頭頂照下來，讓整個地下競技場完全展現在左牧和兔子的眼前。

他原本以為那股臭味是潮濕發霉的味道，其實並不完全正確。從地面和鐵欄上掛著的斷臂、手銬和各式各樣的武器來看，這裡顯然曾經上演過生死鬥。

這讓他聯想到地下格鬥賭博，以前他曾經受委託去調查非法賭博營運，不過那裡的情況可沒有這裡這麼糟糕。

「兔子，你看起來對這種地方並不陌生？」

兔子轉過頭來看他，笑瞇起眼眸，不知道是不是故意迴避他的問題。

就在左牧懷疑這次主辦單位又要放什麼麻煩東西出來的時候，原本關上的鐵欄又再次打開。

順著聲音，左牧和兔子順勢轉過頭。看到出現在眼前的人，兔子立刻拉下臉，迅速抽出軍刀擋在左牧面前。

左牧連對方是誰都沒看到，正當他困惑是什麼人讓兔子突然提高警覺的時候，熟悉的聲音讓他打了個冷顫。

「怎麼？原來是你們？」

——這是邱珩少的聲音。

左牧怎麼樣也忘不掉想要殺死他的男人的聲音。他緊咬下唇，終於明白為什麼兔子會突然變臉。

「沒想到我抽中了下下籤。」

「對我來說可是像中獎一樣呢。」邱珩少嘲諷的笑聲依舊令人感到刺耳。

跟在他身邊的，是之前追殺過他跟兔子的白色笑臉面具。

「我們這算是『初次』見面吧？」

「我可是一點也不想和你見面。」

左牧不懂對方在想什麼，他那種輕鬆自在反而讓他有些惱怒。

雙方就這樣面對面對峙著，氣氛緊張，誰都不想讓步。

兩個玩家倒是還好，但兩名面具型罪犯打從對上視線開始，就沒有掩飾自己的殺氣。

左牧冷汗直冒，但仍故作冷靜。

現在是在任務中，對方不會貿然出手，私人恩怨必須和遊戲分開，這是島上的鐵則，邱珩少再怎麼心機十足，也不可能違背規定。

邱珩少笑咪咪的，看起來和藹可親，但笑容中卻隱藏著一絲讓人退卻的冷冽。

「你也是從大樓裡逃到這裡來的？」

他試圖用其他話題來轉移注意，邱珩少大概也明白他的目的，很乾脆地順著他的意思回答：「嗯，不過大樓底下的路似乎不同，連我也開始懷疑這座島的地底空間到底有多大了。」他的回答很正常，就像是認真地在和左牧交換情報。「我其實也不清楚這次是在搞什麼，而且，像這樣連續發布任務，不像是主辦單位那些傢伙的作為。」

邱珩少的聲音聽起來充滿懷疑，但左牧卻覺得他在裝傻，畢竟他們早就懷疑邱珩少和主辦單位有勾結。

就在左牧的笑容越來越僵硬的時候，布魯適時地發出聲音。

「人數已到齊，請兩位玩家開始進行鑰匙爭奪任務。」

布魯剛說完，地面突然升起纏繞電流的鐵柵欄，將四人關在裡面。

邱珩少和左牧看到這一幕，頓時傻眼。

「搞什麼啊？」

「這是打算把我們囚禁到死？」

兩人的反應相同，但處於被動的他們根本無力反抗。

邱珩少壓低聲音對自己的搭檔說：「留心點，這次很奇怪。」

「嗯，早在他們出這種奇怪主意的時候，就知道不對勁了。」

左牧悄悄聽兩人的對話，輕扯兔子的衣角：「兔子，先觀察再行動，不要大意。」

兔子點點頭。

「請兩位玩家想辦法逃離此處，時間限制為十分鐘。十分鐘後，將會開始灌入海水。」

灌水的意思明顯是要把他們電死，但他不懂，為什麼要讓兩個玩家同時面對這次的關卡？

他還沒來得及思考，就聽見邱珩少對他說：「暫時休戰？」

「也只能這樣了，雖然我是一百個不願意。」

「呵，因為我想殺你？」

「既然知道的話還問什麼問。」

「我確實想殺你，因為你的存在是有威脅性的，而且你的手上……應該有我想要的東西。」邱珩少若有所指地暗示他，讓左牧的眉頭越皺越緊。

他不懂邱珩少為什麼覺得他的存在有威脅，除非邱珩少知道他是受誰委託調查呂國彥的事，以及這其中牽涉的祕密。

何況，就算他現在跟邱珩少說「我身上沒有你想要的東西」也沒多少意義，邱珩少根本不可能相信他。

「殺死何尚之後，接著就是我嗎？」

「如果你沒有蹚這渾水，應該會死得慢一點。」邱珩少垂下眼，「這麼早殺掉你實在很可惜。」

左牧不禁感到毛骨悚然，邱珩少果然和他的搭檔一樣，給人一種很討厭的感覺。

邱珩少盯著左牧，看起來像在思索著什麼，直到他的視線被兔子擋住，才無奈地轉回帶電的鐵欄杆上。

「現在先想想該怎麼離開這裡吧。」

時間只有十分鐘，若不希望和敵人同歸於盡，他們只能趕快想出辦法。

「沒想到竟然會和你這種人困在一起……」左牧感慨地喃喃自語，「我果然還是很討厭主辦單位那些傢伙。」

「看來我們之間還是有共通點的。」

邱珩少的這句話，讓左牧有些好奇，但他沒辦法再浪費時間思考。因為，倒數計時已經顯現在雙方的手表上。

從困境中逃生，本來就不是左牧擅長的。他擅長的是找人或蒐集證據這些，但來到這座島上後，他的腦袋幾乎沒怎麼休息過。

只要找到呂國彥，委託人就會想辦法讓他活著離開這座島。然而他卻無法肯定，若呂國彥已經死亡，且找不到遺體的話，這份交易還存不存在。

在這交易中，他一直處於被動地位，除了乖乖聽委託人的話之外，根本無力反抗。但再怎麼樣，他都會好好想辦法活下去的。他可不會因為這種鳥事，白白死在這座島上。

「鐵欄杆不可能沒有連接通電裝置。」左牧觀察欄杆周圍後，將目光轉移到地面，「故意把燈打得這麼亮，就表示裝置肯定不是能輕易看見的。」

「底下嗎？」

邱珩少才剛開口，白色笑臉面具突然拿出刀子撬開脆弱的地面，將手榴彈塞了進去。

他一拔開安全栓，兔子就立刻抱著左牧往遠處退後，幾秒鐘後，手榴彈直接把地板炸出一個大洞。

左牧被塵埃嗆得拚命咳嗽，兔子趕緊幫他拍掉灰塵，而邱珩少他們卻安然無恙地站在原地，動也沒動。

幸好鐵欄內的空間不小，至少還可以閃躲，但仍阻擋不了爆炸後的風暴。左牧的心臟差點驟停，忍不住大罵：「你好歹也提醒一下吧！」

邱珩少根本沒理他，蹲在炸開的洞口旁邊，低聲說道：「果然這顆手榴彈的威力不夠，結果不如預期。」

本來就已經老舊不堪的地面被炸出一個坑洞，周圍還有燒焦的痕跡。但是鐵欄杆本來就是從地面延伸出來的，所以地下也有通電的鐵柵欄，想遁地逃走是不可能的。

邱珩少的重點本來也不是從底下逃出去，只見地下的鐵欄杆上捆著電線，顯然就是用來連接電源用的。

「你猜得沒錯，電線埋在底下。」邱珩少邊說邊拿出手榴彈，「沒想到剛才沒把它炸斷，只好再來一次了。」

「給我住手！」左牧大聲阻止，「電會讓炸藥引發比剛才還要大的爆炸吧！你是想把我們炸死不成？」

「說得也是。」邱珩少想了想，乖乖把東西收了起來。

左牧見對方滿腦子只想把東西炸掉，便開始從旁邊尋找能使用的東西。

「而且我不覺得解除電流後我們就能獲救，事情不能只看眼前，得往更後面的狀況思考。」

他撿起地上的破布和木板，將兩者綑在一起，遞給兔子。

兔子二話不說就拿起來對準邱珩少，嚇得左牧趕緊拉住他的手臂：「笨蛋！我不是要你攻擊他！」

左牧狠狠拍了一下他的後腦勺，才讓兔子哀怨地收回武器。

邱珩少看到左牧徒手組裝出的簡易長槍，還以為他是要用來割斷電線，但沒想到左牧卻連看也沒看地面，反而抬起頭像是在尋找什麼。

「你在做什麼？」

「十分鐘內絕對不可能找到電流的開關或割斷高壓電線，這時間太短了，所以解決辦法應該是更快、更簡單一點的方式……」

兔子不知道他在找什麼，也傻傻地跟著看。

「兔子，有沒有發現什麼比較突兀的地方？」

兔子聽見他的問題，不解地歪頭，於是左牧又補充：「我的視力沒你好，所以看一下哪裡不太對勁，例如特別隱藏起來的——」

他話都還沒說完，兔子突然把手臂往後拉，使出全力將手裡的木棍長槍射出。

這一記射得又遠又準，準確插入一處牆壁之中，讓燈光瞬間熄滅，眾人的視線頓時陷入一片漆黑。

巨大的機械破壞聲遮掩了所有聲音，除巨響之外，還吹起一陣大風，緊接著左牧就再次被兔子抱起來，往上面跳過去。

「兔、兔子！你在幹什麼？」

兔子帶著左牧跳到高處的看臺區，在他們之後沒多久，白色笑臉面具也扶著邱珩少落在他們身邊。

邱珩少打開手電筒，照亮左牧驚愕的臉。

「真令人訝異……這就是所謂野性的直覺？」他並不是在問左牧，而是對他投以可怕目光的兔子，「我知道你很強，沒想到居然強到這種地步，讓人不得不懷疑你到底是人還是野獸。」

左牧彷彿能看見兔子對邱珩少的厭惡已經到達極限，他的藍色眼睛瞇了起來，就像是威嚇敵人的貓。

被抱在懷裡的左牧雖然逃過一劫，但這種在敵人面前被人公主抱的場面，實在讓他抬不起頭。

「兔子……快把我放下來！」

兔子聽出他語氣中的不耐，趕緊把人小心翼翼地放在地上。

左牧輕咳兩聲，沒想到剛才在他把話說完之前，兔子就已經發現了關鍵。

他瞄準的是一處刻意被彩繪成牆壁圖樣的電源主控，普通人根本不可能用肉眼察覺。

「不是解決眼前的問題，而是把之後的情況也考慮進去嗎？」邱珩少皺起眉頭，聲音相當冷漠，似乎沒有因為自己活下來而感到高興。

「果然還是應該早點把你殺掉。」

左牧真的很想吐槽他，但現在他沒那個心思。

潺潺的水聲很快就吸引兩人的注意，邱珩少用手電筒往下照，才發現海水已經從他們剛剛站的地方灌入。

光站在這裡都能清楚聞到海水的鹹味，以及底下不時散發出來的電光，不得不說，這畫面看起來真的令人怵目驚心。

「不是去想著解除電流，而是解除柵欄，普通人在那種情況下，腦袋不可能動得這麼快。」專心於解除機關，不是想辦法去解除電流——邱玿少對左牧的冷靜與反應能力既欣賞又厭惡。

「如果只是解除電流，關在裡面的我們還是會因為灌進來的水而溺斃。」

「也就是說，我們也順便被你救了一命？」

「隨便你怎麼解讀，我只是想要活下去而已。」

「哼……」邱玿少沒有理會左牧，轉頭面向看臺裡面，「那裡有扇門。」

「也是我們唯一的出路。」

邱玿少沒有跟他討論，率先打開門走出去。

左牧雖然不想走在邱玿少身後，但現在只有他有手電筒，所以左牧也只能乖乖跟在後面。

不過往好方面想，這樣至少不用擔心會被對方偷襲。

四人安靜地往前走了一小段路，接著就看到通往樓上的階梯。

別無選擇，只能繼續往前走，無論前方是什麼，他們都只能硬著頭皮面對。

也許是因為一連串遭遇到的都是壞事，所以對於希望什麼的，眾人早就已經不奢求了。

然而，當他們來到出口的時候，才發現迎接他們的，不再是那些奇怪的任務和折磨人的挑戰，而是普通到不行的大廳。

這是間被落地窗環繞的旅館，相當新穎的建築設計，搭配上乾淨的灰白色家具，寬廣的空間以及滿桌的食物，讓人很難想像這裡是差點把他們害死的孤島。

落地窗面向大海，前方甚至有一片小沙灘，還能看到幾棟和這間外觀相同的建築在左右兩側。

聞到食物香味的瞬間，左牧的肚子很不爭氣地發出聲音，立刻被邱珩少用打量的目光盯著看。

他不好意思地紅著臉，嘴巴碎念著：「看……看什麼看？我這是正常的生理反應。」

「我什麼也沒說。」邱珩少冷冷回答。

兩人爬上來之後，樓梯立刻被機關關起，變成普通的地板，根本看不出來底下竟然藏著隱藏通道。

「恭喜兩位，順利進入最後的任務關卡。中間有一小時的休息時間，請兩位各自回到指定房間內休息等候。廚房的食物請隨意取用。」

布魯只進行簡單的報告，早就餓得不得了的左牧當然是直接開吃。

邱珩少慢條斯理地拿起幾樣食物後，往二樓的臥房走去，由於搭檔不能跟著，所以白色笑臉面具便乖乖待在客廳，蹺起二郎腿睡覺。

兔子在左牧回房間後，才拿起食物享用。當他的視線往白色笑臉面具看過去的時候，發現對方也正在盯著自己看。

由於被同為面具型罪犯的人看見摘下防毒面具的模樣不違反規則，所以兩人都沒有什麼太大的反應，雙方無視彼此的存在，各做各的事。

休息時間總是過得很快，雙手環胸坐在左牧臥室門邊的兔子，很快就在一個小時之後睜開眼睛。

由於臥室門上了鎖，一個小時後才能開啟，所以兔子也就乖乖站在原地等門打開。

「嗶」的一聲，門鎖的燈由紅轉綠，兔子喜孜孜地等待左牧出來。

然而他等了將近十分鐘，房間內都沒有半點動靜，就連布魯也沒有發出任何聲音。

照理來說，任務時間開始，布魯至少會說些什麼吧？

正當兔子開始懷疑，這時，白色笑臉面具也走了過來。

「總覺得有點不太對勁……你應該也注意到了吧？」

他想取得兔子的認同，原本以為會像之前那樣被無視，但這回，兔子卻對他點了點頭。

說不驚訝絕對是假的，可是他現在沒有時間顧慮那麼多。私人恩怨只能暫時拋在腦後，該優先考慮的，是保護他們的玩家。

兩人同時踹開各自玩家房間的門，快速走進去，找了一圈後，確認玩家全都不在房間裡。

窗戶和門都是上鎖的，也沒有任何掙扎或打鬥的痕跡，但人卻不見蹤影。

白色笑臉面具走出房間，看見兔子站在另一個房間的床鋪旁邊，眉頭深蹙。

他下意識覺得古怪，靠近床板仔細聆聽，果然聽見了令他擔憂的狀況。

「床板底下有風……沒想到這種地方居然有機關？」

兩個房間的正下方他們都沒有確認過，看來是他們想得太單純，連最基本的安全搜索都沒做，才會沒注意到。

太過相信主辦單位，結果被他們反將一軍——白色笑臉面具的眼眸露出冷洌又可怕的光芒。

「耍我們玩是嗎？那些傢伙究竟在搞什麼鬼？」

這次的任務本來就已經很詭異了，現在又來這齣，明顯就是在耍他們玩。

就在兩人都想拆掉房子把人找出來的時候，主辦單位終於傳來公告，即時制止了衝動的兩人組。

「第三回合任務即將開始，各位搭檔完成指定任務後，主辦方將會釋放玩家。請不用擔心，這項任務並不會危害玩家的性命，但若是在今天遊戲結束之前都沒有完成任務，玩家將會被丟棄在島中央的毒氣出口。」

兔子聽見這番話，掐緊拳頭，恨不得把主辦單位拖出來揍一頓。

說什麼不會危害到玩家性命，這就是變向逼他們完成任務啊！

而且萬一搭檔並不想救自己的玩家，也是可以放棄不管，這根本是在考驗罪犯對於自己玩家的忠誠度。更棒的是，就算拋棄玩家也不用擔心被報復，因為時間一到，位於島中央的玩家百分之百會被毒氣毒死。

這種惡趣味的遊戲，也只有主辦單位想得出來。

「順帶一提，今天遊戲結束時間是下午四點，毒氣會從三點半開始釋放。請各位把握時間，祝您順利。」

整場遊戲根本沒有提到「鑰匙」這件事，兔子甚至不知道他們今天來這裡的目的究竟是什麼，這完全就是供主辦單位欣賞的殺戮遊戲。

「說什麼沒有時間限制，若是在毒氣釋放後才完成任務，根本一點意義也沒有。」白色笑臉面具憤恨不平地搔著頭髮，不快咋舌，「嘖……真是麻煩。」

兔子腦袋也很混亂，只剩下擔心左牧的想法。

明明已經決定再也不讓左牧離開自己的視線，然而他卻又一次把人搞丟了。

「怪不得會要求其他人待在『巢』不許外出，原來他們早就已經想好要提早釋放毒氣，其他面具型罪犯也受到項圈的限制無法離開……看來主辦單位打從一開始就想要把玩家全部逼死。」

兔子轉過頭來盯著他，似乎對他說的話感到困惑。

白色笑臉面具的眼眸露出笑意，並沒有多做解釋，二話不說就轉身離開，根本沒打算和兔子一起行動。

不久前他才被這個人追殺，可是現在兔子卻對他產生了一種親切感。

總覺得這個罪犯和他是一樣的。

「時間開始倒數，目前時間為一點半，毒氣將在兩小時後開始釋放。」

布魯宣告遊戲開始的同時，兔子也連忙拉回思緒，這時他的項圈裡傳來了通知的聲音。

「左牧先生的搭檔，您的任務是前往某基地，殺害指定五十人之後返回此處，就能平安將您的玩家帶回。」

兔子的眼瞳中閃過一絲紅光。

他毫不猶豫地拿起軍刀，如旋風般衝出房子。

為了救左牧，無論什麼事他都會照做。

就算要他再次染紅自己的雙手，他也不會猶豫。

原本只是想小瞇一下的左牧，卻不知道為什麼居然睡到不醒人事，最後還是在被人用力搖晃的情況下才醒過來。

他不知道發生了什麼事，只看見滿身是血的兔子把自己緊緊抱在懷中，幾乎快要把他的脊椎折斷，讓他喘不過氣。

「等、等等，到底發生什麼……」左牧努力掙扎，才好不容易讓兔子把手鬆開。

他看著兔子，確定身上那些血都不是他的，頓時皺緊眉頭，壓低聲音詢問：

「我昏迷的那段時間，你到底做了什麼？」

兔子根本不打算回答他的問題，直接把人抱了起來，踹開門走出去。

左牧忍受著兔子身上的血腥味，加上腦袋還有些暈眩，也沒辦法思考太多問題。

兔子一個箭步躍上樹枝，將左牧迅速帶回「巢」。

現在是下午三點二十五分左右，距離毒氣釋放還有五分鐘的時間。

兩人回到「巢」的時候，原本以為羅本會出來迎接他們，然而，明明應該待在裡面等待他們的羅本卻不見蹤影。

稍微休息一下後，左牧從兔子手裡接過平板，閱讀了第三回合的任務內容。

他終於明白兔子到底做了什麼。

規則和兔子的任務內容，全都一五一十清楚地寫在平板中。左牧簡直難以想像，他居然能在兩小時之內，殺死主辦單位指定的五十個人。

他不知道那五十人是誰，可以肯定的，是主辦單位應該是利用這次機會，鏟除了這座島上部分的眼中釘。

左牧提心吊膽地問：「兔子，你應該沒有對我認識的人動手吧？」

兔子搖搖頭，看起來不像是在說謊的樣子。但光靠兔子的眼神也很難判斷，姑且只能相信兔子沒有說謊。接著他把平板放在旁邊的桌上，嘆了口氣。

「沒料到對方居然會用這種方式，你也真笨，不要乖乖照做就好了啊。」

兔子拿起平板，萬分委屈地回答：「我只想保護左牧先生。」

左牧當然知道兔子的理由，主辦單位肯定就是抓住了這點。

然而，事情真的只有這麼簡單嗎？

「羅本到底跑到哪裡去了？不是應該待在這裡嗎？」

兔子想了想，亮出平板給左牧看：「任務還沒結束。」

「還沒結束？什麼意……」

左牧一臉詫異，才剛想問清楚，身後的螢幕就突然傳來布魯的聲音。

「毒氣已開始釋放，請各位玩家留意，不要離開『巢』。」

左牧看向時鐘，心中突然浮現出不祥的預感：「毒氣……羅本沒有防毒面具吧，萬一他人在外面……」

「現在開始，『巢』將設定為只出不進的狀態，如需外出，請留意時間。直至早上八點半毒氣散去後，才會開放自由進出。為了慰勞辛苦的玩家，明日會暫停時限機制。」

「說什麼慰勞，分明是覺得這段時間跑出去的人根本就回不來，所以才這麼悠閒。」左牧碎碎念著，心裡十分擔心羅本是不是遇到了什麼危險。

真的很難想像，今天任務結束後究竟還有多少人能存活下來。

「左牧先生，恭喜您通過第三回合任務，請您好好休息。」

布魯的聲音相當雀躍，但左牧卻完全高興不起來。

「提醒您，通訊系統正在維修中，要到明天才能恢復通訊。」

「故意封鎖通訊，擺明不讓我知道其他玩家的狀況，若是想知道的話，就得離開這裡……那些傢伙越來越讓人不爽了。」左牧稍微抱怨了一下。

無法通訊的話，就沒辦法和羅本聯絡。

「啊啊啊，那個笨蛋，等我找到他絕對要賞他一記拳頭！」

左牧原本還擔心主辦單位又會接連要他們完成這種毫無意義的任務，幸好布魯的聲音就此停止，沒有繼續說下去。

眼看主辦單位的報告結束，左牧立刻站起身。

兔子慌張地拉住他的手，拚命搖頭。

他好不容易才把左牧救回來，當然不希望他又立刻涉入危險。

左牧也不想這麼做，但他不可能丟下羅本不管。

「他沒事。」兔子用簡單的三個字，想讓左牧放心，但左牧完全感受不到。

「如果你知道他去哪的話，就告訴我。」

「不知道。」

「羅本不是那種做事不經大腦的人，他絕對不會一聲不響離開。」

「真是謝謝你對我抱有如此高的評價，但不用擔心，我還沒傻到會在這種時後離開安全區。」

正當左牧執著要去找羅本時，熟悉的聲音從頭頂傳來。

他抬起頭，看著羅本安然無恙地從天花板的夾縫中跳下來，除了灰塵和滿身汗臭味之外，一點事都沒有。

說真的，左牧現在真的很想給他一記拳頭。

「羅本，你躲在那幹嘛？」

「當然是保命。」羅本拍掉衣服上的蜘蛛網，從旁邊拿起水瓶，大口灌下，「事情發生太過突然，害我根本沒有心理準備，只好躲在上面等到任務結束。」

左牧一聽就知道情況不對，不過他很慶幸，羅本沒有真的被困在外面，孤立無援。

「我沒想到他們連通訊設備都控制了，估計博廣和那邊的駭客也破解不了，要不然他肯定先打來找你。」

「我想也是。」左牧同意他的猜測，但最重要的問題他還沒回答。

羅本究竟為什麼躲在天花板上？

他等羅本用毛巾把汗擦乾、喝完水之後，聽他緩緩解釋來龍去脈。

三人坐在沙發上，由羅本開始敘述當時的情況。

「你們離開後沒多久，主辦單位的人就跑到『巢』開始進行搜索。」

「搜索？」

「嗯。」

「只是這樣的話，你為什麼躲起來？」

「那些傢伙拿著衝鋒槍進來，人數那麼多，我不躲的話就是等死。」

「他們知道資料在我手上？」

「看樣子是的，甚至連這次的突發任務，我都覺得是他們故意支開你的藉口。」

「不只如此，我覺得他們很有可能想要快速減少玩家人數。」

「什麼？為什麼要這麼做？邱珩少不是他們的人嗎？」

「關於這件事，我現在不是很確定了……」

左牧會存有疑慮，並不是因為兩人共患難過，而是這次主辦單位的意圖實在讓人不得不去懷疑。

羅本相信左牧的判斷，而且他們確實應該小心點，畢竟最主要的敵人是主辦單位，任何一點微小的失誤都有可能害他們小命不保。

「資料呢？」

羅本從口袋拿出隨身碟：「在我手上。」

「讓你隨身帶著的決定果然是正確的。」

羅本自告奮勇將最危險的東西帶在身邊，一方面，是猜測到主辦單位可能會派人搜索；另一方面，也是覺得擅長隱蔽行蹤的羅本，是最安全的移動保險箱。

「不過他們為什麼沒有選在第一次鑰匙任務的時候過來，而是另外安排這個毫無意義的任務……」對此，左牧真的非常困惑。

然而，他們也不得不開始思考，接下來，到底該怎麼行動才會比較安全。

BEFORE THE END
OF THE GAME

# 規則八：變調的島嶼生活

ゲームが終わる前に

這是左牧在認識博廣和這個大麻煩之後，第一次這麼久沒有聽見他的消息。

任務時間結束，遊戲恢復正常，主辦單位沒有接連舉辦第三場任務，而是給予了一段平靜的時間。

通訊設備恢復正常後，最先和左牧聯繫的人是黃耀雪。

明明最愛跟蹤他、黏在他屁股後面，但黃躍雪卻意外地只用通訊設備和他聯絡。

「這兩天死了不少人，看到小牧你還活著我就放心了。」黃耀雪的眼袋很深，臉上帶著疲憊，看起來沒有怎麼休息過。

「我看你才比較讓人擔心。」

「我沒事。」黃耀雪很明顯是在勉強自己。

左牧催促幾句後就和他結束通訊，坦白說，他很意外黃耀雪竟然還活著。看來黃耀雪組織的罪犯團體，多少還是有點實力的。

他很想確認其他玩家的生死，可是現在知道主辦單位盯上自己，甚至不知道他們對通訊設備動了什麼手腳，所以用這種方式聊天或討論，很有可能會害到其他人。

更重要的是，這場遊戲早就從莫名其妙的鑰匙爭奪任務開始變了調。

「可以感覺得出來，主辦單位正在改變這場遊戲的規則。」

羅本和左牧站在二樓的陽臺聊天，這裡是他們覺得整棟房子最安全的地方，然而他們也沒忘記利用夜色來遮掩自己的嘴型，做好萬全防備。

「嗯，原本應該會有玩家存活報告，但現在卻沒有半點消息，真的不得不讓人懷疑。」

「目前也只知道黃耀雪還活著，看他沒那麼纏人，我想他應該也注意到了。」

「主辦單位是打算把所有玩家都除掉吧。」

「解決掉所有人，就沒有任何需要擔心的問題，真是絕佳的處理方式呢。」

「看來現在不是搞內鬨的時候。」

「……別跟我說你想和其他玩家合作。」

「不，我的意思是要想辦法再次進入中央大樓，與其被動，不如主動進攻。」

「你確定？」羅本鎖緊眉頭，並不覺得這是個好主意，但他們似乎別無選擇。

「首先要找出背叛呂國彥的罪犯，他是重要的證人。」

「但是沒辦法保證他會和我們合作吧？」

「只要開出的條件足夠吸引他就可以。」

羅本盯著他，越來越覺得自己被左牧耍得團團轉。

「那麼，要改變我們的目標？」

「嗯。」

「也就是說，你和博廣和的交易……」

「作廢。」

羅本鬆了口氣，他本來就不想和那隻毒蛇扯上關係，這樣也好。

但他還沒安心幾秒，就聽見左牧說：「不過我還是會和他聯繫，畢竟那男人的情報網還是很有利用價值的。」

因為是事實，羅本就算不情願也沒辦法拒絕。

「嘖，真不爽……」

「抱歉，我知道你不喜歡。」

「算了，我明白你為什麼這麼做，換作是我，大概也會做出同樣的判斷。」羅本百般無奈地指著緊貼在玻璃窗上、惡狠狠瞪著他看的兔子，「再怎麼說，那條毒蛇都沒有眼前這隻兔子可怕。」

因為左牧只想和羅本私下談，所以命令兔子待在房間裡不准出來，甚至還把落地窗關上，把他完全隔離開來。

兔子心生不滿，又不敢違抗左牧，只好用眼神施加壓力。

左牧聽見他說的話，再加上兔子完全沒隱藏殺意的態度，忍不住扶額嘆息：「我來處理這傢伙，總之，明天你先去幫我調查附近的情況，找出最佳路線。你曾經成功溜進去過，這對你來說應該不難吧？」

「是不難，而且我一個人行動也快很多，但你呢？」羅本瞇起眼睛，「這段時間你要做什麼？」

「什麼也不做反而會讓主辦單位懷疑，所以我會和以前一樣去蒐集情報。不過明天的話，我打算先和博廣和聯繫，再來應該會繼續去尋找呂國彥的前搭檔。」

「看來你很篤定博廣和沒死。」

「那條毒蛇若是死了才讓人頭痛。」

「呵，這點我無法否認。」

博廣和手裡還握有呂國彥的情報，所以他「暫時」還不能死。

倘若所有和呂國彥接觸過的人，都將成為主辦單位的排除對象，那麼，不只是他，博廣和恐怕也很危險。

而其他人，不過是被牽扯進來的倒楣鬼。

「另外我還想跟你說一件事。」

左牧抬起頭，讓原本準備回房間的羅本停下腳步，心中浮現出不祥的預感。

「你可別又出什麼鬼點子。」

「除那條毒蛇之外，我想和邱珩少談一談。」

「難道你以為和他湊巧合作過一次，他就不會對你出手？」

羅本的擔憂是對的，就連左牧也不相信那種話。可是，不管邱珩少是不是主辦單位的人，他都覺得那男人應該有呂國彥死亡的情報。

「他想要隨身碟，所以在拿到前不會殺了我。」

「就算真是這樣好了，你也不該拿命去賭。」

「怎麼賭都比被主辦單位殺死來得好。」

「唔……」羅本無力反駁，加上被兔子盯著看的巨大壓力，索性不再追究。

「你可別以為兔子是萬能的，就算他跟著你，你也不見得能夠全身而退。」

「當然，我的腳傷可是到現在都還沒恢復呢。」

雖然昨天的任務沒有對他的腳造成太大壓力，但他的傷也不會這麼容易就恢復。

羅本提議讓他待在「巢」休息個兩三天，可是自知時間寶貴的左牧，根本不可能待得住。

決定好接下來的目標後，羅本走回屋內，兔子立刻用幾乎要噴火的雙眸，盯著羅本。

光是被這種眼神看著，羅本就覺得自己好像被狙擊槍瞄準的獵物，只能趕緊快速離開，一秒都不想多留。

左牧關上落地窗之後，往兔子的後腦勺狠狠拍了下去，才成功把他的注意力拉回來。

「你又在吃什麼醋？」

兔子一臉哀怨地看著左牧，垂頭喪氣的眼神看起來十分可憐，但左牧可不會心軟。

「明天開始有很多地方要跑，早點去睡，別在這裡閒晃。」

兔子匆忙地指著羅本離去的方向，再指指自己，甚至挺起胸膛表現出自己很值得信任的樣子。

左牧看不懂他在忙什麼，只知道他還是沒辦法跟羅本好好相處。

「羅本不是敵人，你知道的吧？」

兔子很不高興地皺起眉頭，就算看不見面具底下的表情，也能猜到他在嘟嘴生悶氣。

左牧語重心長地對他說：「你知道我跟羅本打算做什麼的吧？」

兔子歪頭想了下，中間停滯的時間有點久，差點讓左牧以為他在打瞌睡。

「兔子？」

左牧把臉湊過去，卻突然被兔子抓住肩膀。

兔子整個人貼到他的面前，要不是有防毒面具隔著，他都覺得快跟他撞在一起了。

隔著防毒面具的眼罩，他清楚看見了兔子的雙眼。

他的心臟突然毫無理由地、緊張地揪在一起，明明不覺得兔子可怕，但腦中卻想起他滿身是血的畫面。等他終於清醒過來的時候，才發現自己已經用盡全身的力氣把兔子推開。

兔子一臉吃驚地瞪大雙目，而左牧則是立刻反應過來。

「抱……抱歉……」他不由自主地向兔子道歉，想要伸手拉住他，卻被兔子避開。

兔子第一次完全沒有看著他，就這樣默默離開臥室。

左牧並不是害怕兔子，只是回想起他全身染血、回到他身邊的畫面。

雖說當下他的反應冷靜，但那是因為受到藥物的影響，神智還不是很清楚，加上精神疲倦，讓他根本沒辦法思考。

他知道兔子是為了救他才去殺人，也相信兔子殺人的名單中，沒有他們認識的人，但無論如何，都是因為他的關係，才讓那些人丟了性命。

左牧不害怕見到屍體或鮮血，可是殺人不同。

即便不是親自動手，也像是他間接殺了那些人，看見兔子的藍色眼眸以及那張防毒面具的瞬間，他不知道為什麼，莫名的抗拒感油然而生。表面裝作不在乎，也覺得自己很冷靜，但身體仍然誠實反應出他的內心。

「兔子，等等！」

左牧追了上去，他很清楚，自己若不立刻和兔子解釋，是絕對不行的。

兔子雖然擁有強大的戰鬥力，心理卻彷彿和孩子一般純真。

他那麼信任自己，盡全力保護自己，不應該因為這樣的理由而將他拒之門外。

幸好兔子還願意聽他說話，乖乖停下腳步，回頭凝視他。

「你應該知道我不怕你，對吧？」

兔子彎著眼睛，卻完全感覺不出他內心的喜悅，就像是在勉強自己。

左牧張開嘴，沉默幾秒後對他說：「你可能覺得我很怪，但我是認真的。」

兔子移開視線，眼眸微微顫抖，思索許久後才慢慢走回左牧面前。

左牧仰頭看著他，伸手輕輕撫摸他的防毒面具。

他的行為讓兔子下意識地抖了一下，明明是被稱為「怪物」的罪犯，如今卻對左牧的碰觸感到害怕。

「我不希望你再用其他人的命來換我的命。」

兔子皺起眉頭，顯然不能理解左牧的想法。

他只想保護左牧。

「看來有必要讓你回到正常的社會，好好練習一下怎麼當一個普通人了。」

看著兔子懵懂的模樣，左牧又默默多出了一個目標。

雖說他不知道兔子曾經犯下什麼罪、殺過多少人，但他相信兔子的本性並不壞，只是有著錯誤的觀念而已。

他需要的，是能夠指引他、告訴他對錯的人。

這也是左牧唯一能幫上兔子的地方。

「回房間去睡覺吧。」左牧抓住他的手腕，主動對他說：「回我的房間。」

兔子的眼眸頓時閃閃發光，就像陽光灑在水藍色的大海上一樣美麗。

左牧沒想到兔子竟然會露出這種眼神，忍不住笑了出來：「你還真是個長不大的小鬼。」

由於左牧很少笑，所以兔子直盯著左牧的臉看，似乎想要把這一幕深深烙印在腦海中。

「少盯著我的臉看，我討厭這樣。」左牧拍了拍他的頭，鬆開手，轉身往臥室的方向走。

兔子揉揉後腦勺，趕緊跟在他屁股後面，乖乖回房。

打從有記憶以來，兔子學習到的就是如何用刀子割開敵人的喉嚨，徹底讓對方死亡。因為只要這麼做，他就能得到讚美，而看著原本靈活的雙目漸漸黯淡、失去光芒，也能讓他感受到「生命」的存在。

雖然不是出自於本意，但他依舊非常喜歡這麼做。

渴望著被人需要，渴望被愛，同時也渴望著被某個人認可，這隻嗜血的兔子，不惜染紅美麗的銀髮也要完成目標。

這樣的他，很快就成為令人畏懼的存在。

然而，最後的最後，換來的卻是被人拋棄背叛。

極度的憤怒讓他不再需要那份愛和認同，溫順的兔子也因此化為餓狼，將刀刃對準曾經信任的飼主。

他將曾經視為重要之人的男人狠狠虐殺，但隨著飼主死亡，他也失去了目標。即便被軍方抓住，關入監獄，他也從來沒有反抗掙扎過。

由於他如怪物般的力量太過可怕，軍方根本不敢把人保留在身邊，於是便將他送到這座島上。

突如其來的「自由」對兔子來說沒有任何意義，他決定此後不再尋找自己的飼主，而是躲在樹林深處，觀察著這場殺戮遊戲。

直到他遇見了左牧。

他的自信和看著他的眼神，和以前的飼主太過相似，讓兔子不由自主地渴望保護這個人。

但在和左牧相處之後，他卻發現他們完全不同。左牧的個性，也漸漸開始吸引著他。

——他不是那個人，他不會隨意將你拋棄。

兔子的心裡響起了陣陣回音。

從那瞬間開始，兔子便決定要永遠保護這個人。

安靜無聲的臥室中，傳出左牧熟睡的呼吸聲。

黑夜中，兔子的眼眸散發出月色的光芒，緊緊盯著左牧的睡臉。

在別人眼中看起來像盯著獵物的舉動，然而兔子的眼中，卻不僅僅只有溫柔，還有很深很深的渴望。

兔子緊緊抓住項圈，力道之大，彷彿要將它徒手捏碎。

他好希望自己能夠不用以彆扭的方式和左牧溝通，這是他到這座島上後，第一次渴望開口和別人說話。

不知道聽見他的聲音後，左牧會露出什麼樣的表情？

光是猜測，兔子就忍不住充滿期待。

他知道左牧和自己不同，擁有活著離開這座島的權利，所以，他也要走。

無論左牧前行的地方是天堂還是地獄，他都會永遠跟隨。

「沒想過你居然會主動聯繫我。」

通訊系統另一邊的博廣和相當意外，但也無法否認自己非常開心。

左牧雙手環胸，蹺著二郎腿坐在沙發上，臉上倒是沒有半點笑容。

「我只是想確認這座島上還有多少人活著。」

「第一個就想到我？」

「你的話，應該會掌握比較多情報吧。」

「呵，原來是把我當成情報中心啊。」博廣和瞇起雙眸，笑得更開心了，好像不在意左牧利用自己。但他的態度，似乎存在著一絲距離感，就好像是在提防什麼。「那麼我們見個面吧。」

左牧本來就有這個打算，所以沒有拒絕博廣和的提議。

與博廣和約好時間地點後，他從自己的「巢」出發，帶著兔子去和博廣和會面。

博廣和指定的地點，是位於樹林中的某棟廢棄樓房，雙方過去都不用花太多時間，也很好找。

他跟兔子才剛到那附近，就看見博廣和的人已經站在那裡等候。

看兔子的反應應該沒有危險，所以左牧就乖乖跟著他們走。

在這群手持武器的罪犯帶領下，左牧總算見到了博廣和。

他懷疑地看著坐在椅子上微笑的男人，皺起眉頭：「你還真謹慎。」

「主辦單位的行動讓人起疑，所以不得不小心行動。」博廣和說完，語氣轉為沉重，「看你的樣子應該還什麼都不知道。」

博廣和手裡果然握有情報，左牧在心裡想著。

「先坐下來吧。」

「這麼多人拿著武器的房間，我可坐不住。」

博廣和也不介意，下令讓其他人離開房間，只剩下他們和彼此的搭檔。

「那個莫名其妙的任務，你應該也是滿頭問號。」

「當然，沒有鑰匙就進行任務，任誰都會起疑。」左牧邊回答邊坐下，「不過我還是很慶幸你還活著。」

「嗯……但其他人就沒那麼幸運了。」博廣和睜開瞇起的雙眸，口氣也變得認真起來，「現在島上的玩家，只剩下五個人了。」

左牧的心瞬間涼了一大半。

原本僅存的十人，在短短幾天之中，居然死五個。

「是誰？」

「有兩個人你沒見過，其中一個是另外一名擁有四把鑰匙的玩家，原本那個人是不打算介入的，沒想到最後還是死了。」

「那另外三個……」

「姬久峰和彭日偉，兩個你都見過，剩下一個你應該不熟。」

左牧當然記得，是眼鏡公主和深色皮膚的男人，還有一個應該是之前聚會時只有一面之緣的玩家。

雖然沒聽見正一的名字讓他放心許多，只是沒想到眼鏡公主也在死亡名單上。

「他們都在鑰匙爭奪任務中活了下來，畢竟罪犯人數多的情況下，他們不至於丟掉小命，但毫無意義的突發任務卻殺了他們。」

「主辦單位的目的，果然是消耗玩家人數。」

「很明顯，但理由呢？」博廣和並不意外，他也是這樣猜測，所以才特地把左牧約出來。

他故意詢問左牧，卻沒得到他的回答。

「看來現在不是玩家之間內鬥的時候，這你同意嗎？」

博廣和似乎明白了他的意思，臉色頓時相當難看：「我知道你和邱玠少見過面，他跟你說了什麼，讓你產生可以信任他的錯覺？」

「是對是錯，我會自己判斷。」

「該不會你認為他沒有和主辦單位合作？」

「誰才是主辦單位的爪牙這件事已經不重要了，現在最重要的是如何活下去。我不想再當被動的那一方，乖乖待在他們指定的地方等死。」

聽他說的話，博廣和瞬間明白了兩件事。

第一，左牧已經不再把邱珩少當成敵人；第二，他掌握的情報明顯不少於他。

這樣的話，對他來說反而相當不利，畢竟他原本是想要掌握主權的。

「你想要我聽你的命令行動？」

「不，是合作，我並不想當老大。現在我們共同的敵人是操控這場遊戲的傢伙，不是彼此。」

「我們不是本來就是合作關係？」

「那是以我幫你殺死邱珩少為前提吧。」

「怎麼？一起通關後就產生患難情感了？」

左牧皺起眉頭，不喜歡博廣和的態度，搞得好像是他出軌了一樣。

「我知道很意外嗎？」博廣和微微勾起嘴角。

「不，只要用刪去法就可以知道我昨天是跟誰一起通關的。」

博廣和的情報網很強大，肯定早就調查過，和活著的玩家確定後就可以知道他跟誰合作。而且照他的態度來看，恐怕早就已經把死去玩家的罪犯搭檔納入麾下。

如此一來，無論是情報或是戰力，都讓他的存在顯得更加恐怖。

「不要逼我殺了你，左牧。」博廣和眼眸冷冽，就像是盯著獵物的蟒蛇。

左牧不可能不害怕，他的手已經在微微顫抖，但如果他在這裡示弱，就算博廣和再怎麼中意他，也不可能讓他平安離開。

屋內的氣氛頓時變得有些緊繃，讓左牧連口水都快嚥不下去了。

就在這時，屋外突然傳來槍響和罪犯們的叫囂，看起來似乎是和什麼人打起來了。

左牧和博廣和立刻起身，發現對方已經一路打到門外。然而不知道為什麼，兩人身旁的搭檔卻完全沒有動靜。

門被人輕輕推開，邱珩少蒼白的臉龐頓時出現在他們面前。

博廣和吃驚地站起來，而左牧則是又收穫了一個讓他胃疼的理由。

慵懶的眼眸掃過兩人，他輕輕地扯動嘴角，露出微笑：「你沒死啊，真可惜。」

這句話是對博廣和說的，說罷，邱珩少便筆直地走向他。

迷彩面具立刻擋在前面阻止他靠近，氣氛一下子緊張到了極點。

左牧有點佩服自己，在這種情況下居然還能保持冷靜，眼前這兩個人可是目前島上最讓人頭痛的問題玩家。

「你來幹什麼？」左牧開口向邱珩少搭話，「應該說，你為什麼知道我們在這裡？」

「這座樹林本來就沒什麼人，巡邏的罪犯突然變多，想不懷疑都難。」邱珩少老實回答，這點倒是讓左牧有些意外。

「所以你就闖進來？」博廣和笑眯著雙眸，整個人散發出冰冷的氣息，說出口的話也沒有絲毫溫度。

現在在左牧的眼前，就像毒蛇和狐狸在對峙一般，雙方都想把對方的脖子一口咬斷。

左牧沒辦法，只好硬著頭皮繼續說下去：「你來得正好，我們剛剛正想找你合作。」

這句話一說出口，博廣和當場愣住，邱珩少也跟著瞇起眼睛，顯然不相信他說的話。

「你以為我會輕易相信你的謊言？」

「我是不是在說謊，你不是最清楚了？」左牧把問題扔回去，令人意外地，邱珩少居然真的安靜了下來。

左牧見狀，大步走過去站在兩人中間，不讓他們繼續爭執：「我知道我們對彼此都不信任，但我們之間有一個共通點。」

左牧深吸一口氣，說出了最讓兩人在意的名字。

果然，博廣和和邱珩少瞬間沉默，一句話沒說，直盯著左牧看。

兩人的眼神讓兔子有些不爽，從背後伸出手緊緊勾住左牧的脖子。

即便背後貼著一隻黏人蟲，左牧仍面不改色地對他們說：「是要繼續任由主辦單位宰割，還是聯手反將他們一軍，全由你們自己選擇。」

他知道博廣和和邱珩少正狠狠盯著彼此，若他不在場的話，這兩個人百分之百會殺起來。

為了對抗主辦單位，他只能想盡辦法讓僅存的玩家互相合作，就算他們各有目的，但目前最主要的敵人仍是操控著整座島的那些人。

「我是不會和這種男人合作的。」博廣和面無表情，說出口的話更是冰冷。

邱珩少冷哼一聲，對左牧提出的意見嗤之以鼻：「你們不是懷疑我跟主辦單位有關係？」

左牧沒想到邱珩少竟然會知道這件事，但很快地，他就收起驚訝的反應，冷靜地對他說：「我們確實懷疑過，可是我不覺得你會聽那些人的命令。」

「如果有好處，我倒是不會拒絕。」

邱珩少不知道是故意還是認真的，就像要把自己偽裝成反派角色一樣，讓人猜疑。

「這座島上的玩家之間，根本不存在百分之百的信任，所以就算是敵人，只要目的相同也能合作。」左牧振振有詞地說著，讓人無法反駁。

面無表情的邱珩少微微勾起嘴角：「你真是個有趣的男人。」

「我只是想要活下去而已，為了存活不擇手段，在這座島上是很普通的事，不是嗎？」

「你說得對，但我覺得這座島很適合我，所以才會想要留在這裡。」

「這就是你遲遲不想取得第五把鑰匙的理由？」

「當然不是。」邱珩少果斷否認，並抬起眼看向博廣和，「我估計你們是真的不知道，所謂『離開這座島』代表著什麼。」

撇除死去的人，在這座島上，邱珩少的資歷最深，而他明明可以輕鬆取得五把鑰匙，卻一直不肯去做。

原先博廣和他們猜測邱珩少肯定是主辦單位的眼線，所以才會對第五把鑰匙興趣缺缺，然而，左牧卻有不同的想法。

早在博廣和的合作邀約之前，他就已經對邱珩少的目的有許多猜測，並不像博廣和一樣，單純認為他是監視他們的「偽玩家」。

不過，何尚的死還是讓他開始對邱珩少產生懷疑。但想要判斷出真正的情況，就不能只聽一面之詞，這是作為調查真相的私家偵探信奉的基本原則。

嚴格說起來，這兩個人都曾經想要他的命，所以他不屬於任何一邊。

而且他的第六感不停地暗示自己，他目前獲得的情報並不全是事實。

「對於『離開』這個獲勝規定，我心裡有數，所以從踏上島的那天開始，我的目標就不是取得五把鑰匙離開。」

「怪不得之前的任務，你看起來不是很感興趣的樣子。」博廣和瞇起眼看向左牧，說完又轉回去對邱珩少說：「如果你想說，就算獲得五把鑰匙離開這座島，也還是會被主辦單位殺死這種話，我是不會信的。據我所知，確實有人活著離開過。」

「那些都是被主辦單位買通的演員，事實上，沒有人能夠真的離開。」邱珩少用不屑的態度回應博廣和，「你要是不信，可以試試看。」

「如果是這樣的話，你為什麼還要搶奪鑰匙？」

「我就是想看看，如果遊戲一直沒有獲勝者的話，那些傢伙會怎麼做。」邱珩少聲音冰冷，但他的眼中卻閃過一絲溫柔，「不然你以為，為什麼這場遊戲已經有十年沒有贏家？」

邱珩少並不是在保護玩家，而是想要試探主辦單位，只不過不相信任何人的他，對於自己的計畫都是閉口不談。

「你應該知道另外一個持有四把鑰匙的傢伙死了吧？」

「知道。」

「那傢伙就是接受了我的勸告，才沒參加之後的鑰匙爭奪任務。不過他這麼做太明顯了，所以才會被主辦單位盯上。」

博廣和和左牧並不知道邱珩少的話有多少可信度，然而現在的他們也只能選擇相信。

左牧看出博廣和開始動搖，雖然仍不願完全信任邱珩少，但至少兩人之間的氣氛已經不像之前那樣緊張。

他鬆了口氣，才剛想把話題轉回正軌，沒想到島上的某處，突然傳來一陣巨響。

爆炸讓地面劇烈震動，彷彿經歷了二三級地震，雖然影響並不大，但仍把在場三人嚇了一大跳。

他們同時往窗外看去，發現靠海的一處揚起高聳的灰色雲團。

左牧沒記錯的話，那個方向應該是——

當他意識到爆炸地點是哪裡時，臉色立刻轉黑，大聲呼喚身後的人：「兔子！」

兔子二話不說，立刻將他抱起來，迅速跳上窗臺。

邱珩少和博廣和才剛回過神，兔子就已經帶著左牧從窗戶跳了出去，消失在樹林之中。

兩人彼此互看，思考停滯了兩三秒後，才趕緊追過去。

無論爆炸的原因是什麼，很顯然，左牧似乎握有他們沒有掌握的情報。

BEFORE THE END
OF THE GAME

# 規則九：故事背後的真實

ゲームが終わる前に

爆炸地點是在靠海位置的懸崖，同時也是左牧再熟悉不過的地方。

「怎麼會……這到底是……」

左牧啞口無言，只能呆呆愣在原地看著眼前的景象。

主辦單位不可能知道徐永飛的存在才對，他敢保證，自己絕對沒有露出馬腳。徐永飛的藏身地點被炸毀絕不是偶然，左牧可以百分之百確定，主辦單位是在跟他宣戰。

這場遊戲已經不是島嶼的生存之戰，也不是玩家之間的競爭，而是被豢養在柵欄中的待宰羔羊與屠宰者的對抗。

隨後趕到的博廣和和邱珩少，望著眼前高聳的雲煙，對現場情況渾然不知。

「左牧先生，這到底是……」

「抱歉，我現在沒時間回答你們的疑問。」左牧拋下一頭霧水的兩人，帶著兔子衝入煙霧之中。

火舌和煙霧都是從洞穴裡傳出來的，貿然闖入火場是很危險的事，但左牧別無選擇。

他扯了扯袖子，遮住口鼻，壓低身體鑽入洞窟。

裡面伸手不見五指，但在兔子的引導下，他沒有花多少力氣就找到裡面的那扇門。

門是打開的，但沒有看見徐永飛的身影，而大火燃燒得越來越旺盛，氧氣也越來越稀薄。

他向兔子下令沒多久，後方又有爆炸聲傳出，整個山洞劇烈晃動，碎石不斷掉落，增加了他們找人的難度。

「兔子，找到他。」

但左牧不能放棄，徐永飛掌握的情報是他對付主辦單位的重要武器，既然已經確定主辦單位是真的想殺死玩家，甚至不惜改變遊戲規則，制定那些瘋狂的、毫無理由的任務，他們就不能再按兵不動。

火舌在空氣中亂竄，突然炸開的火光差點燒到左牧，但多虧這陣閃現的火光，左牧終於找到了被壓在鐵架下的徐永飛。

此時的徐永飛已經失去知覺，鮮血從他的胸口底下溢出，不知道是因為頭部的傷還是失血過多的關係，徐永飛躺在地上一動不動。

鐵架高溫燙人，左牧不敢輕舉妄動，從旁邊抓了片木板當作支撐點，想要把徐永飛從底下撈出來。

但光靠他的力量根本沒辦法移動鐵架，就算他跟兔子一起也只能把鐵架撐起，沒有人手去把徐永飛拖出來。

眼看火焰燃燒得越來越旺盛，下一次的爆炸，洞穴絕對撐不下去，到時候他們兩個人也會賠上小命，被活埋在石頭底下。

可是要他見死不救，是絕對不可能的。

「咳！咳咳咳！」左牧吸入不少濃煙，呼吸開始變得越來越困難。

對於帶著防毒面具的兔子來說，濃煙並沒有多少影響，但左牧不同。

兔子看著左牧的臉色，在心中估算時間，知道再這樣下去，左牧的肺會受不了的。

正當他想在最後一刻把左牧強行帶出去的時候，兩道人影出現在煙霧中，一人幫助兩人撐起鐵架，一人則是把倒地不起的徐永飛拖了出來。

左牧嚇了一跳，但他沒時間思考，在倒下前就被兔子以最快速度帶出洞窟。

回到外面，左牧狂咳了很長一段時間，他大口喘息，呼吸著新鮮空氣。

他抬起頭，發現邱珩少和博廣和正在檢查徐永飛的情況，看見他臉色不再那麼慘白，才和他搭話。

「這男人是誰？」博廣和露出困惑的表情，厲聲詢問左牧。

然而回答他的，卻是站在旁邊、不快咋舌的邱珩少。

「是主辦單位的人。」

「你說什麼？」博廣和十分震驚，但更讓他訝異的，是邱珩少居然認識這個人，「為什麼你會知道……」

邱珩少的神色變得比之前還要嚴肅，左右查看情況後，白色笑臉面具便把徐永飛抱了起來。

「等等！你要做什麼？」

吸入過多濃煙的左牧有些體力不支，他看見邱珩少打算把人帶走，也顧不得身體的狀況，連忙站了起來。

「他必須接受治療，我的另一個基地離這裡很近，那裡有醫生可以替他處理傷口。」邱珩少簡單說明，並轉過頭，用冰冷的目光看著虛弱的左牧，「你的話，『巢』裡的醫療設備就足夠了。」

「我怎麼可能讓你把人帶……唔！」

「省省力氣吧，誰叫你愚蠢地衝進火場，濃煙讓你的肺受了不小的傷，你現在應該很難受才是。」

「少……少廢話，把人還給我。」

「既然你不相信我，還敢說要跟我合作？」

「這是兩回事。」

「現在可沒有時間讓你質疑了。」

邱珩少的話很有道理，左牧也知道自己理虧，可是他再怎麼樣也不可能把重要的線索交給邱珩少。

於是他向邱珩少提議：「那就帶上我，讓我跟你回基地。」

博廣和被左牧突如其來的要求嚇到，而邱珩少似乎早就料到左牧會這麼說。

意外地，邱珩少並沒有拒絕。

「隨便你。」說完，他便頭也不回地離開。

左牧扶著自己的胸口，搖搖晃晃跟了上去。

兔子拉住左牧，把人扛在自己背上，無法反抗的左牧也只能軟趴趴地任由他扛著自己。

眼看事情發展越來越讓人摸不著頭緒，加上對徐永飛的好奇，博廣和也跟著他們兩個人一起過去看看情況。

不過這只是其中一個理由，最主要的，是他有點擔心左牧，因為他信不過邱珩少。

邱珩少的另一個基地確實離事發地點不遠，只不過這裡什麼防護都沒有，就只是間座落在樹林中的荒廢木屋。

邱珩少來到門口，輕敲兩下，門便被人推開。

裡面走出來的是一個高中生模樣的人，他一看到白色笑臉面具滿身是血的模樣，二話不說就讓他進去。

左牧和博廣和原本也想進屋，卻被邱珩少擋在門口。

在兩人開口質問之前，他先指著木屋後方的一間倉庫說道：「治療的空檔就先去那邊待著，我有話想要問你。」

這句話是對左牧說的，博廣和只不過是附帶品。

博廣和很不爽自己被邱珩少當成隨行小弟，但左牧卻壓住他的肩膀，把想要反駁的博廣和安撫下來。

「可以，我們好好談談。」

邱珩少現在身邊沒有面具型罪犯跟隨，而他跟博廣和都有，光是這樣就已經足夠證明邱珩少展現出的誠意——他是真的想跟他好好談談。

三人進到倉庫，博廣和的搭檔和兔子背對門口守著，三人則是在方形桌邊坐下。

倉庫裡什麼也沒有，只有簡單的家具，看起來像是供人臨時藏匿用的。更重要的是，這裡沒有監視器，也就是說，主辦單位無法監控這間倉庫。

左牧用眼神向博廣和示意，讓他別開口。

博廣和沒有意見，乖乖當個裝飾品坐在一旁。

「你為什麼知道徐永飛？」

稍作休息後，左牧的狀況已經恢復不少，雖然胸口還有些悶痛，但並不影響。

他劈頭就直接切入重點，邱珩少也沒有迴避，果斷回答：「呂國彥跟我提過他，說是幫了他不少忙，才能讓他順利從中央大樓拿到揭穿那些人的情報。」

這句回答，不單單回答了左牧剛才的提問，甚至還把他為什麼知道隨身碟的事情也一併解釋。

左牧很驚訝，立刻往博廣和的方向看過去，果然看到他皺緊眉頭，笑咪咪地回望著自己。

當下，他的心也涼了一半。

邱珩少見到兩人的表情，便說：「你沒把資料的事情說出去？」

「在這座島上誰都沒辦法信任。」

「呵，你做事果然嚴謹。不錯，這是生存的第一要點。」

「別浪費唇舌稱讚我，你為什麼會說呂國彥跟你提過徐永飛的事？你和呂國彥說過話？」

「是他自己跑來找我的，希望我能幫他的忙。」

左牧驚呆了。

死去的呂國彥居然會找邱珩少合作？那個男人究竟在想什麼？

「就和我之前跟你說的一樣，這座島根本沒有贏家，主辦單位從來就沒打算讓任何人活著離開，否則你以為為什麼沒人知道這座島的存在？」

左牧在接受這次的委託之前，也完全不知道這場遊戲和島的事情。

「所以你是在干涉遊戲的進行？」

「別人的死活和我沒關係，我沒必要浪費力氣。」邱珩少冷哼一聲，「但在知道我有四把鑰匙之後，其他人都會跑來對付我。」

遊戲只要產生贏家，就會有一個月的時間進行內部調整，這段時間將不會有鑰匙任務，也就是說能離開這座島的時間又會拖得更久。

這對想要離開這個危險地方的玩家們來說，無疑是最糟糕的事，所以大家才會想辦法阻止獲得最多鑰匙的玩家。這也是博廣和最開始想要聯合其他玩家阻止邱珩少的主要原因。

「你應該是來找呂國彥的吧，在那件事之後登島的新人玩家中，就只有你的目的最明確。」

「原來你一直在觀察我？」

「畢竟我和呂國彥做了交易。」

「交易？」

「嚴格來說，是他擅自單方面提出的，我也是被害者。」邱珩少不快地咋舌，臉上卻沒有露出厭惡的表情，「他知道自己被主辦單位盯上，所以把隨身碟藏了起來，要求我和他合作。」

邱珩少根本不想和任何人合作，他只想安穩地待在島上，以他的勢力和擁有的罪犯軍團，就算無法離開島也沒關係。反正他對島外的現實世界沒有任何興趣，所以當初才會成為玩家，來到這座島。

「呂國彥希望我能幫他把資料帶離這座島，揭發島上的事，我當然沒有興趣，但那傢伙居然說什麼要用自己的性命作為交換條件。」想起那時的交談，邱珩少仍難以忘懷。

那是他第一次看到有人為了停止這座島的殺戮遊戲，願意付出性命作為代價。

「他把儲存著資料的隨身碟藏起來，並以自身為誘餌，讓主辦單位追殺他，原本想利用這個計畫讓對方以為資料也隨著他落入大海，沒想到被他的罪犯搭檔出賣，隨後隨身碟就落入那個叫何尚的男人手裡。」

「所以你才追殺他？」

「嗯。沒人知道呂國彥找我幫忙，就結果來看，那男人的選擇是正確的。」不和任何玩家接觸、也不想離開遊戲的邱珩少，是最不會被懷疑的對象，甚至博廣和他們還誤以為邱珩少是主辦單位的人。

左牧雖然沒有和呂國彥見過面，但他隱約覺得這男人實在不簡單。

邱珩少說完後，把目光放在左牧和博廣和身上：「我知道主辦單位會用『補充玩家』這個藉口來投入更多人手，所以我觀察很久，你應該也是被派來的人吧？」

左牧冷汗直冒，以邱珩少的觀察力和他掌握的線索，幾乎已經把真相看透。原來這個男人並不是什麼都不知道、只想虐殺他人的變態，而是將所有情況都看在眼裡的變態。

左牧和博廣和交換眼神，知道自己若不坦白，就無法取得邱珩少的信任。

就像他剛才說的，現在玩家都是同一陣線的隊友，不能再對立，而他也漸漸開始懷疑委託人委託他的真正目的。

「我是受人委託來找下落不明的呂國彥，不過現在看來，那應該只是把我拐到這裡來的藉口。」

明明可以用更直接的方式讓他成為玩家，但委託人卻用欺瞞來取得他的信任，恐怕就是為了要讓他和邱珩少對立。

不得不說，這做法確實很有效，而且也把他完全蒙在鼓裡。

「你呢？」邱珩少將目光轉移到博廣和身上。

博廣和眼看兩人都已經說開，便不再擺出那副充滿優越感的討人厭態度。

「一樣，我也是受委託尋找呂國彥的下落，負責接應剛來到這座島上的左牧先生。」

左牧朝他翻了個白眼：「你之前還說你知道呂國彥的生死，果然是在耍我。」

「不，我其實早就知道呂國彥死了，主辦單位不是都沒有找到屍體？那是因為屍體在我手上。」

「呂國彥的屍體在你手上？」

「嗯，因為我覺得當時罪犯攻擊玩家的事件很詭異，所以把當時死去玩家的屍體全部保留下來。」

「你該不會有戀屍癖吧？」

「當然沒有。」

面帶微笑的博廣和，無論說什麼都讓人難以相信。

不過好消息是，他們三個人越來越能確定彼此是戰友而非敵人。

「呂國彥究竟和你做了什麼交易？」左牧還是很在意這件事，畢竟他為此不惜用自己的命來取得邱珩少的幫助。

這樣看來，若不是呂國彥相當信任邱珩少，就是他當時已經走投無路，只能賭一把。

而他賭對了。

「幫他把資料帶離這座島。」邱珩少回答了左牧的問題，露出不耐煩的表情，「但這件事基本上是不可能的任務。」

邱珩少說得對，一旦踏入這座島，除非死亡，否則是不可能離開的。

不過，左牧可不想死在這種鬼地方。

「想活著離開，並非完全沒有機會。」

邱珩少和博廣和同時看向左牧，很有默契地露出懷疑的眼神。

「你是哪句話沒聽清楚，我說過不可能……」

「既然這座島並沒有完全跟外界隔離，就表示有逃離的辦法。」左牧打斷邱珩少，理直氣壯地將雙手環在胸口，揚起嘴角說道：「明明這座島上的戰力十足，我不覺得真的打不過主辦單位。」

邱珩少知道左牧想要讓玩家結盟對付主辦單位，但他十分不看好。

他亮出左手腕的手表：「你別忘了，他們能夠透過這東西監視我們的位置，而且這裡面有足以讓玩家心臟停止的電流，只要他們動一動手指，就能輕易殺死我們。」

「如果主辦單位可以這麼做的話，那他們為什麼沒有用這個方法來殺死呂國彥？反而要利用罪犯來引發混亂，趁機逼死他？」

邱珩少說的沒錯，但左牧的理由更加讓人信服。

他一時沒有反應過來，反被博廣和笑咪咪的表情惹怒。

「你笑什麼？」

「我一直都是這樣的表情，你就算看不慣也得習慣，畢竟我們現在可是『伙伴』呢。」

「嘖。」邱珩少不快地咋舌。

為了避免這兩人吵起來，左牧繼續說了下去：「我覺得主辦單位設計的規則，並不全都是真的。」

所有的遊戲規則都是主辦單位制定的，隨時都可以更改，也有可能只是唬人。

再者，他不認為這樣小小的手表，就能夠電擊心臟，讓心臟停止跳動。

「比起玩家，罪犯的項圈比較棘手，因為是控制危險人物的裝置，所以我相信是有一定限制能力的。」

「如果缺少這個限制，我們也會很危險。」博廣和大概猜到左牧想做什麼，好意提醒，希望他能打消這個念頭。

「放心，我並沒有打算做那種危險的事，只是想要奪走項圈的控制權。」左牧壓低雙眸，「所以我需要徐永飛活下來。」

主辦單位炸掉徐永飛的藏身處，想要殺掉他以絕後患，或許徐永飛手裡還握有其他沒跟他說的情報。

三人算是取得共識，也確定彼此的目標是要對付主辦單位，不過比起左牧，另外兩人只是單純想要活下去而已。

既然知道主辦單位有意把所有玩家殺死，他們也不得不協助左牧。

「正一和黃耀雪那邊你打算怎麼處理？」

存活的玩家只剩下他們五個人，參與進來人數當然是越多越好，不過主動提問的博廣和卻不是很願意相信正一。

左牧不知道理由，但他能理解博廣和的猶豫。

「知道越少對他們越安全，加上之前的任務，他們兩個人肯定也對主辦單位存有懷疑，所以只要利用這點，他們應該會配合。」

面對生死存亡，人類會更加需要「同伴」的存在。

左牧就是抓住這點，肯定他們不會拒絕合作。

「我想我還是不要出現比較好。」邱珩少抬眼和左牧對上，「我在的話會有反效果，表面上就你們四個人合作，不用把我算進去。」

左牧想了下，果斷接受這個提議。

接著三人又大致討論接下來的行動後，兔子感覺到門外有人，突然擅作主張地將門打開。

站在外面的人才剛舉起手想要敲門，沒想到門就先打開了，不禁嚇了一大跳。

他抬起頭看著高出自己一顆頭的兔子，緊張地說：「治……治療結束了……」

他的聲音很小，小到幾乎聽不見，但並不只是因為害怕兔子的關係，而是這個人的音量本來就不大。

邱珩少看見對方，便起身走了過去。

兔子退開來，讓邱珩少方便和對方交談。

沒多久邱珩少就轉過來對兩人說：「運氣不錯，除了失血過多和吸入太多濃煙之外，沒什麼大礙。」

左牧心中的石頭總算放了下來，他最近真的真的很需要好消息。

「我過幾天再來見他，有些問題還需要靠他來解答，可以吧？」

要進入其他玩家的基地，需要該玩家的同意。

邱珩少沒有拒絕，點頭答應了左牧：「可以，不過為了安全起見，他最好暫時躲在這裡。只要他不離開木屋，基本上就很難被主辦單位發現他還活著。」

「我同意。」

讓邱珩少的人留下來保護徐永飛，左牧也很放心。這樣他就能安心去思考要怎麼取得項圈的控制權，至少要讓玩家這方取得些許優勢，他們才有機會活下去。

「黃耀雪還好說，但正一……我不覺得他會願意和我們合作。」博廣和走到左牧身邊，原本打算伸手輕拍他的背，但被兔子狠狠地瞪著，只好識相地把手收回去。

「正一比較信任你，黃耀雪也只聽你的話，所以這回由你來當召集人。」

不知不覺擔下重責的左牧，心不甘情不願地看著他，沒辦法拒絕。

「唉，真麻煩。」

「總比被殺死來得好吧？」

「知道了啦，我會去聯絡他們。」

結束這場讓人不安的小聚會，左牧在木屋前和兩人分開行動。

博廣和打算再去調查些什麼，沒有和他仔細說清楚，而邱珩少則是頭也不回地離開，根本沒打算多說半句話。

直到遠離邱珩少的基地，左牧才將隱藏起來的痛苦表現在臉上，抓著胸口蹲在地上無法起身。

兔子在一旁慌張地揮舞雙手，不知道該如何是好，差點打算把人直接用公主抱的方式衝回剛才的木屋求助。

左牧拉住兔子的褲子，抬起頭說道：「我沒事，不用這麼緊張。」

剛才太過專注討論，因為那兩個人緊張的關係而忘記身體的狀況，直到鬆懈後才感覺到頭暈胸悶，不得不說，他真有點佩服自己。

兔子扶著他到旁邊的大樹底下，讓他靠著自己的肩膀休息。

過了十幾分鐘後，左牧才睜開眼睛，但呼吸還是有點痛苦。

「可以了，我們走吧。」

兔子仍有些擔心地看著左牧，看到他的臉色比剛才好了許多後，就沒有強迫他繼續休息。

只是他沒想到，左牧竟然沒有打算返回「巢」，而是又跑回爆炸發生的洞窟。

這回兔子不再默許，而是皺著眉頭，用不可思議的眼神直勾勾盯著左牧，似乎在質問他為什麼來這裡。

現在離回巢時間還早，但他以為左牧會先回去檢查一下自己的身體狀況再行動，所以才會露出困惑的表情。

左牧感覺到兔子一直盯著自己，可是他沒有理會。

此時洞窟內的大火已經熄滅，煙霧也散去不少，只剩下焦味和被火燒過的痕跡。

兔子這次黏他黏得很緊，不過也讓左牧特別有安全感。

他們回到擺放儀器的地方，這裡還殘留著徐永飛的血跡，除此之外，還有一股熟悉的味道。

「杏仁味……果然是C3。」

左牧循著氣味回到門口處，很快就發現門旁邊有被炸裂和燒融的痕跡。很顯然是將炸藥貼在門上引爆，雖說用量不大，但仍對山洞造成了不小的影響。

洞窟內除了他跟兔子的腳步聲外，還隱約能聽見岩石龜裂的細碎聲響，加上不時從頭頂掉落的小石頭，估計這個洞窟撐不了多久了。

所以他必須現在回來，要是等洞窟崩塌，想要調查就十分困難。

由於徐永飛還在昏迷，左牧不知道這裡還藏有什麼重要的情報跟資料，想著至少要幫他把電腦硬碟帶出來，但卻在翻找主機時發現裡面的硬碟早已不翼而飛。

「嘖，被搶先一步。」

左牧很不高興，卻又無可奈何，只好隨手拿起能帶走的東西離開。

兔子替他背著裝滿東西的包包，在太陽下山之前回到了他們的「巢」。

以往都比他們早回來的羅本，這次卻不見蹤影，左牧也沒多想，先讓兔子把背包放在武器庫裡。

然而這天，直到夜禁開始之前，羅本都沒有回來。

BEFORE THE END OF THE GAME

# 規則十：倖存下來的人們

ゲームが終わる前に

左牧這天晚上睡得並不安穩。

這種心情就跟小孩徹夜未歸的父母親差不多，只不過他擔心的是羅本的人身安全，畢竟他是去調查中央大樓，很難不讓人擔心。

而左牧也因為今天突然發生的爆炸，暫時忘了自己受傷的左腳，害他現在有點不太舒服。

傷雖然好得差不多，不過偶爾還是有些抽痛，但這點小傷和徐永飛遇到的爆炸相比根本不算什麼。

天還沒亮就醒來的左牧，待在客廳檢查徐永飛的東西，兔子則是躺在旁邊的長型沙發上熟睡，而整夜沒消息的羅本，這時才慢悠悠地從大門走了進來。

他摘下防毒面具，一臉吃驚地看著左牧滿臉倦容地瞪著自己。

「呃……早安？」

「早你個大頭鬼。」左牧冷冷瞥向他手中的防毒面具，嘆了口氣，「你到底跑去哪？居然在外面過夜，也不先跟我報備。」

「抱歉。」羅本沒想到左牧竟然會擔心他，自知理虧，趕緊道歉，「昨天我調查得太晚，趕不回來，就乾脆在外面找個地方等天亮。」

對羅本這樣的罪犯來說，度過充滿毒氣的夜晚是習以為常的事，所以根本沒想到左牧會擔心自己。

直到看見左牧的表情，他才意識到自己的錯誤。

由於羅本平安歸來，左牧也就不再碎碎念，而是繼續查看徐永飛的東西。

羅本怕又惹他不開心，悄悄繞到沙發後面偷窺，這才發現左牧不知道帶什麼回來。

「這些是什麼？」

「徐永飛的東西。」

「欸？不會吧……你偷來的？」

「當然不是。」看到羅本的反應，左牧知道他肯定沒注意到昨天的爆炸。

昨天的爆炸規模並不算大，不可能傳遍整座島，要不是因為他們聚會的地點正好離那邊很近，恐怕也不會發覺。

於是他把徐永飛的基地爆炸，以及他正在邱珩少那邊接受治療的事，一五一十告訴羅本。

想當然爾，羅本的臉色難看到極點，甚至用一副「你是笨蛋嗎」的表情盯著左牧。

「你不是說只是去找那兩個人聊聊嗎？什麼時候變成合作了？」

「我哪知道邱珩少會突然冒出來，而且他……」

「別告訴我你真相信邱珩少那個混帳說的話。」

羅本對邱珩少相當反感，也不喜歡左牧沒跟他討論就擅自把呂國彥的事情說出去，可是潑出去的水收不回來，現在阻止左牧已經太遲了。

「他說的話符合事實和他的行為。」

「那傢伙可以面不改色地說謊。」

「嗯，你的顧慮沒錯，但我的直覺告訴我，能夠相信那兩個人。」左牧轉頭看向羅本，皺起眉頭，「而且我還有事情沒跟你坦白。」

羅本睜大眼睛，隱約察覺左牧接下來要說的話很重要，於是把包包隨手放在地上，轉而到他的身邊坐好。

「終於要說實話了嗎？」

「抱歉。」左牧露出苦澀的笑容，「你果然早就已經察覺到我對你有所隱瞞。」

「誰叫你的行為和普通玩家差這麼多，不起疑也難。」

左牧深吸一口氣，將自己接受委託尋找呂國彥，以及從邱珩少那邊得到的情報，毫無保留地告訴羅本。

聽完他的說詞，羅本這才明白為什麼左牧會認為邱珩少和博廣和沒有騙人，但也讓他產生疑惑——呂國彥究竟是什麼人？

「你看起來似乎對我說的內容沒什麼興趣。」

「就我的角度來看，你也算是被害者。」

「哈哈，也是，畢竟當時的我別無選擇。」

「你有想過為什麼對方會挑選你嗎？」

「當然，不過我還沒想到是什麼理由，也許是單純看上我的調查能力吧。」

「你明明是這方面的專家，對方卻冒著被發現真相的風險把你找來？這怎麼看都不合理。」

「我對這件事的疑問不比你少，但我們現在有更優先要處理的事情，所以暫時不要想這麼多。」

左牧雖然這樣說，但羅本卻眉頭深蹙，看起來不像是要放棄思考的樣子。

羅本生性多疑，和他一樣都不願意完全相信他人，正因為如此，羅本對他來說是非常重要的伙伴。

「那麼你冒著生命危險在外面度過一夜，有查到什麼線索？」

羅本這才回過神，雙手環胸：「中央大樓附近增設了防禦和巡邏人力，看起來就跟軍事基地一樣，現在想要溜進去太困難了。」

聽他的形容，左牧倒是很訝異。

通常來說，主辦單位不應該會增派人手護衛重要據點才對，看樣子他們為了不要再上演同樣的麻煩，下了不少重本。

「你說的人力，是指軍隊還是傭兵？」

「是罪犯。」羅本壓低雙眸，冷聲道：「而且全都是面具型。」

「原來如此。」

他差點忘記了，這座島上所有的罪犯都是主辦單位的「武器」，只要他們戴著項圈，主辦單位就擁有絕對的控制權。

果然，還是得從項圈下手，只有把罪犯全部解放，他們才有機會。

雖然風險很高，但再怎麼說都還是比起被主辦單位控制來得安全。

解放這座島上所有的惡狼之後會發生什麼事，他其實也很難想像。

「看你的表情，是打算先處理那些面具型罪犯吧？」

「嗯，項圈系統。」

「你真是瘋了。」羅本先是搖頭嘆氣，接著又說：「島上的系統都是由ＡＩ控制的，主機伺服器絕對不會放在顯眼的地方。」

「我們還有徐永飛。」

曾經是程式設計師的徐永飛，絕對知道伺服器的位置和解除項圈限制的方法，所以，他絕對不能讓徐永飛死掉。

也許主辦單位就是知道這點，才會針對徐永飛。但徐永飛究竟是怎麼被發現的？明明隱藏這麼久，為什麼偏偏在這種時候被發現？

「真的沒問題嗎？少了項圈限制，那些面具型罪犯全都是惡魔，到時這座島肯定會變成煉獄。」

「做或不做，對我們來說都是煉獄，那又有什麼區別？」左牧勾起嘴角，冷笑反問。

羅本說不出話來，最後也只能嘆口氣，接受左牧這個瘋狂的決定。

「我還有件事要跟你說。」羅本從包包拿出紙筆，將畫出來的地圖交給他看。

左牧對島不是很熟悉，卻意外發現這個地方他好像見過。

他思考了一下，才總算想起來。

那裡不就是他初次跟兔子進行搭檔任務的地方？

但是他記得——

「這棟大樓不是崩塌了嗎？」

「你知道這裡？」羅本感到驚訝，不過這樣也好，省下解釋的功夫，「這裡確實崩塌了沒錯，但它旁邊還有一處沒有毀損，正好能藏人。」

「藏人？誰躲在那裡？」

「我跟你都想找的人。」羅本壓低雙眸，咬牙切齒地說：「就是陷害呂國彥的那個混帳。」

左牧沒想到羅本竟然真的能找到這個傢伙，驚訝地瞪大雙眼。

「虧你還能冷靜地回來找我，我還以為你會直接開槍打死他。」

「我當然很想這麼做，但我更想知道理由，而且他有可能掌握我們不知道的情報，如果能找他問清楚的話，就能確定邱玠少那混帳是不是在說謊。」

左牧不得不承認，羅本確實很有頭腦。

「暫時不要和他接觸，你暗中監視對方的狀況，等我去見過正一和黃耀雪之後，再來處理這件事。」

「你還真信任我的忍耐力。」

「信任歸信任，但你下次如果徹夜不歸，記得先跟我說一聲。」

「你是我老媽嗎你……」羅本冷哼一聲，拿起包包走回自己的房間。

左牧嘆了口氣，因為羅本平安無事而感到放心，當然也沒忘記躺在沙發上裝睡的兔子。

「起來，兔子，我們回房間。」

兔子立刻跳了起來，笑嘻嘻的表情看起來超級欠揍。

他知道兔子在羅本回來的瞬間就醒了，只是故意裝睡，偷偷聽他們的對話，他的這種性格真是令左牧無言以對。

不過看見羅本平安歸來後，左牧終於放下心中的大石頭，同時也感覺到睡眠不足的疲倦感。

現在是早上八點，距離必須離開「巢」的時間只剩半小時，多虧羅本一整晚的「折磨」，左牧現在的狀況簡直奇差無比。

兔子輕輕拉扯他的衣角，用平板問道：「左牧先生，要不要休息？」

這提議相當誘人，但左牧知道不可能。

「不用擔心，今天只要去正一的基地那邊跟他和黃耀雪商量，之後只要等今天結束就可以回來休息了。」

他不知道兔子有沒有理解自己的意思，因為兔子依舊用擔憂的眼神盯著他看。

左牧沒辦法，只好摸摸他的頭，讓他不要擔心。

比起睡眠，合作的計畫更加重要，而且現在已經不是他自己一個人的問題，所有的玩家都很有可能被捲入其中。

「雖然沒辦法補眠，但你會好好保護我的，對吧？」

兔子用力點頭，眼眸突然變得炯炯有神。

左牧不禁感慨，在這種情況下還能露出天真表情的，估計也只有這隻兔子了。

「稍微準備一下就出發吧。」

再來才是重頭戲，如果不能成功把所有玩家都聯合起來的話，對他們來說相當不利，而且他也不能保證主辦單位什麼時候又會開始要他們執行任務。

話又說回來……

左牧摸著下巴，突然皺緊眉頭：「最近主辦那邊太過安分，反而讓人覺得不太對勁。」

雖然有疑惑，但左牧卻沒有仔細思考，僅僅只是覺得有點奇怪。

希望之後不要突然又冒出什麼詭異的任務才好。

左牧昨天回到「巢」後，就立刻和正一跟黃耀雪取得聯繫，商談好在正一的基地見面。

之前被邱珩少放火燒毀基地後，正一重新申請了新的基地，雖然比起之前的規模要小一些，但至少能讓他的人安心居住。

對於在這座島上的罪犯來說，正一的基地就像是天堂，跟隨他的人大多都只是普通的罪犯，有戰鬥能力的不算多，但也勉強算是一個小軍團。

黃耀雪雖然是和左牧同時登島的玩家，不過他組織自己軍隊的速度卻很快，跟隨他的罪犯人數不少，只不過，他是目前唯一還沒取得任何鑰匙的玩家。但就算這樣，依舊有不少人願意跟隨他，這點倒是讓左牧相當吃驚。

若不是黃耀雪天生擁有領導能力，讓那些罪犯心甘情願跟隨他，就是其中另有隱情。

如果說黃耀雪手下的罪犯當中有主辦單位的眼線，事情就合理許多。

他在約定的時間來到正一的新基地，黃耀雪比他早到幾分鐘，一看見他就露出雀躍的表情，只差沒有衝過來撲抱。

「小牧！」

兔子對黃耀雪仍然充滿警惕，黑著臉冷冷瞪著對方。

左牧對他點頭示意，眼睜睜看著黃耀雪雀躍地來到身邊黏著自己。

兔子的反應很快，站在中間隔開兩人，而黃耀雪的搭檔則是沒什麼反應，也沒有過來護主的念頭。

依照黃耀雪謹慎的個性，應該會帶不少人同行，可是他卻只有帶了自己的搭檔，倒是讓左牧覺得有些怪異。

「你們真準時。」

正一來到門口接應他們，除了他之外，還有梟和另外一個從沒見過的面具型罪犯。

發覺左牧正盯著身旁站著的人，正一才想到還沒跟左牧提起過，便向他介紹：「這是我的搭檔，你們是初次見面吧？」

「嗯。」

左牧有聽正一說過找了新的面具型罪犯搭檔，不過正式見面還是第一次。

他偷偷觀察兔子，發現他似乎不是很喜歡這個「新搭檔」，表情甚至比對待黃耀雪還要臭許多。

「兔子……你們認識？」

兔子沒有回應，只是緊緊抓住左牧的手臂。

雖然很痛，但左牧沒有甩開，因為這是兔子的一種警告方式。

「我們進去再談。」

正一帶領兩人進入基地，跨過柵欄式的鐵門後，裡面居然是社區型住宅區。公共區域不少，但公寓只有一棟，而且層數不高，目測應該不超過十樓。

這個地方雖然有電梯，卻沒有電，無法搭乘。

他們爬上二樓來到中間的公共區域，在靠近電梯的地方有個像是圖書館的空間，裡面放著許多書籍，同時也有閱讀區。

三人就在這個地方席地而坐，因為是玩家之間的交談，兔子等人就只是站在門口處，沒有靠過來。

左牧首先提出合作的想法，以及邱珩少和博廣和答應和他合作的事。

當然，聽見邱珩少的名字時，正一和黃耀雪都露出震驚的表情，完全沒想到事情會發展成這樣。

不過，他們也對主辦單位怪異的行徑起疑，尤其是在姬久峰和彭日偉死亡之後，感受到了強烈的死亡威脅。

左牧向兩人大概敘述目前的狀況，畢竟主辦單位的動作太大，就算沒有坦白說出呂國彥的事，仍有很好的藉口來說服他們。

一方面，是不想把兩人捲入更多的是非危險；另一方面，則是還沒能完全信任他們。

「簡單來說，就是要聯手起來反抗主辦單位？」正一雙手環胸，意味深長地嘆口氣，「我真不知道該誇你有勇氣還是愚蠢，這座島可是完全掌控在那些人手中，就算反抗也不見得能成功，更糟糕的是，很有可能會丟掉自己的性命。」

「被動等待死亡，還不如主動進攻。」一旁的黃耀雪出言反駁，跟左牧站在同陣線，支持他的提議，「如果你不想參與的話，就閉嘴等死。」

正一看著黃耀雪，皺眉苦思：「我能理解你們的擔憂，但這麼做是不是有點衝動？而且左牧，你記得邱珩少曾經放火燒掉我的基地，並企圖殺死你嗎？」

「當然，這是我在衡量各種狀況後做出的決定。」

「我並非不相信你，畢竟你救過我的命，我不信任的是邱珩少和博廣和。」正一的臉色相當難看，語氣也越來越不好，「一個想要殺死我，另一個則是對我的基地動手，這樣要我相信並和他們合作，那是不可能的。」

「你這個死腦筋，不相信那兩個男人又如何，你相不相信小牧的判斷才是重點吧！」黃耀雪忍不住對正一大聲碎念，完全就是左牧的擁護者。

左牧把黃耀雪拉住，用眼神狠狠瞪著他，讓他閉嘴。

「我不打算強迫任何人，就算你最後沒有跟我們合作也沒關係，但知道我們的計畫後，你就能事先防範。」

「原來如此，看來你計畫得很周到。」

「畢竟這是攸關生死存亡的問題，我也不敢保證能讓大家都活著，可是我不想在這裡等死。」

正一偷偷看向站在門口的兔子，陷入猶豫。

「不用馬上回答我。」左牧邊說邊起身，「我今天也只是來找你們談談而已，還沒打算開始行動。」

「是要先蒐集情報嗎？」

「嗯，我不知道你們有沒有發現，中央大樓附近駐守了許多面具型罪犯。」

看見正一和黃耀雪臉上露出吃驚的表情，左牧肯定這兩人還不清楚這件事。於是他繼續說下去：「所以我想先解開項圈的限制，否則不只是那些沒有搭擋的面具型罪犯，可能連我們的搭檔也會被主辦單位控制。」

這個計畫很顯然把兩人嚇到了，就連原本支持左牧的黃耀雪也一臉震驚。

「你是認真的嗎？要是這麼做，就連我們都控制不了自己的搭檔。」黃耀雪皺起眉頭，第一次對左牧的決定產生懷疑。

正一不是不能理解左牧的做法，但風險實在太高了。

「所以我不會強迫你們，可是如果我們成功了，之後會發生什麼事，你們應該猜得出來，早點知道的話也能提早防範。」

「你知道那些戴著項圈的罪犯，為什麼要戴上防毒面具嗎？」

「知道。」左牧與提問的正一四目相交，「因為他們曾經犯下可怕的罪行，但我不在乎。」

只要能贏過主辦單位，就算知道前面是深淵他也得往下跳。

從左牧的眼神中，正一看見他的覺悟和堅持，於是也不再說話。

正一的沉默加上黃耀雪的震驚，讓這場三人會議的氣氛頓時變得有些尷尬。

左牧開口打破沉默：「如果這次能夠成功，島上的平衡就會被打亂，主辦單位接下來會做什麼，我也不太確定……」

「在結果出來之前，沒有人能夠肯定當初的決定是好是壞。」正一向門口使了個眼色，示意自己的搭檔將門打開，讓左牧離開。

左牧知道正一要他離開，也沒有多說什麼，照他的意思起身走向兔子。

意外的是，平常緊黏著他的黃耀雪，這次居然沒有跟上。

「左牧。」正一在左牧走出去之前，出聲喊住他。

左牧停下腳步，回頭望著他，發現正一正對著他露出微笑。

「別死。」

左牧露出笑容，沒有回應，轉頭帶著兔子離開。

在左牧離開後，黃耀雪露出凶惡的眼神，轉過來面向正一：「我還以為你相信他。」

「相信嗎……原本我也這樣認為，可是我會提供協助，是因為他救過我的命。」正一笑盈盈地反問黃耀雪：「你不也一樣？明明心存懷疑，卻還是選擇站在他那一邊。」

黃耀雪垂下眼簾，稍稍沉默後對他說：「我不知道你究竟經歷過什麼，但你應該比我更清楚，主辦單位是認真的吧？」

他們都很清楚，現在的情況已經不能用平常心去看待了。比起黃耀雪，待在這座島上較久的正一更能明白，遊戲的內容和島上的規則正在漸漸變調。

可是讓正一不能馬上給左牧回覆的理由，不僅僅是關於他的合作對象。

他總覺得，左牧並沒有對他坦白一切。

「話先說在前面，無論是利用還是要抓我當替死鬼，我都會幫小牧。」黃耀雪根本不在乎正一的想法，理直氣壯地向他說出自己的決心。

正一抬起頭：「如果是這樣的話，你為什麼不跟著他離開，而是要留在這裡？」

「那是因為我不信任你。」黃耀雪瞇起眼眸，「雖然小牧說會給你時間，但你心裡應該很清楚，留給我們的時間所剩不多了。」

「所以我們應該狗急跳牆，去解放那些可怕罪犯，讓這座島成為真正的不法之地？」

「這裡早就已經沒有所謂的法律或規矩可言，所有的一切都是主辦單位的意志。」

「那麼我倒想問問你，為什麼要來參加這場沒有自由可言的遊戲？」

「就跟你一樣，別無選擇。」

絕對沒有人願意主動來這裡送死，除非是根本不想活下去的人。

但主辦單位要的，是願意拚死活下去的玩家，因為只有這樣，這場遊戲才會足夠「精彩」。

「我話說完了。」黃耀雪起身，「多疑是無所謂，可是如果你不打算介入，就給我滾遠一點。」

正一沒有說話，只是目送黃耀雪和他的搭檔離開。

同樣看著他們走遠的還有剛跟正一搭檔沒多久的面具型罪犯，他的反應很冷淡，只是靜靜地站著不動，讓人懷疑他是不是正在打瞌睡。

「項圈嗎……」正一嘆口氣，轉而看著自己那動也不動的搭檔，「誰能保證在沒有項圈的束縛後，溫馴的家犬會不會成為暴走的野狼，反咬主人一口？」

他無法確定左牧的決定是對是錯，然而就現況來看，這似乎是逼不得已的決定。

正一將視線轉移到書架的方向，從書本之間的縫隙中，隱約可以看到有個影子在書架後方晃動。

「剛才的話你應該都聽見了吧？」

「嗯。」

躲在書架後方的人慢慢走出來，臉上毫無血色的他，虛弱到彷彿隨時都會倒下，就連回答也顯得有氣無力。

他的右眼被繃帶綁住，左手手腕的部分被砍斷，雖然用大量的繃帶和紗布包紮，卻仍滲出紅色的血水。他看著正一的那隻眼睛，晃動著不安與痛苦的光芒。

「這種做法無疑是送死……但坦白說，現在的我們也跟死了沒什麼不同。」

正一垂下眼簾，走上前攙扶他虛弱的身體，將他移動到旁邊的椅子坐下來休息。

「別擔心，我會想辦法讓你活下去的，現在你就先好好休息。」

「抱歉……」男人的聲音聽起來相當無力。

此刻，正一的新搭檔終於有了反應，他來到男人坐著的椅子旁邊，像是守護主人的忠犬，默默地待在他身邊。

看見這個畫面，正一心裡稍微安心許多，但也有些羨慕。

「或許你們這些人，多少還是存在著『善意』的吧。」

左牧和兔子，男人和眼前的面具型罪犯，讓正一忍不住開始想要去相信，左牧所提出的計畫，或許真的有成功的可能。

左牧在離開正一的基地沒多久，就被兔子拉住衣角。

由於他站在原地動也不動，左牧不得已，只好轉過頭來用困惑的表情詢問：

「你又怎麼了？」

兔子皺起眉頭，從包包裡拿出平板。

「有其他人在房間裡。」

左牧一眼就看出他想表達的意思，訝異地睜大眼睛。

「其他人？你怎麼沒提醒我？」

「沒有殺意。」

「就算不是敵人，但我們討論的事情要是被其他人聽到的話，反而會對我們不利，你很清楚信任在這座島上有多廉價吧？」

「**那個人身上有血的味道。**」

「血？是受傷了嗎？」

左牧回想正一剛才的反應和態度，似乎明白了為什麼他會對自己的提議擺出冷淡的態度，十之八九應該和那個受傷的人有關係。

「應該不會吧？」他摸著下巴思考，突然想起正一的新搭檔和博廣和給他的情報。

他之前要求博廣和把任務那天的雙人組合告訴他，所以他知道當時一起參與任務的玩家配對。

撇除他跟邱珩少，博廣和是和黃耀雪一起，死亡的姬久峰和彭日偉則是因為沒過關而和自己的搭檔死在任務中。

因為這兩人的陣營裡有博廣和安插的罪犯，所以才能確切知道這兩人沒能存活下來。

而正一則是和擁有四把鑰匙的玩家一起進行任務，但只有正一活了下來。

依照情報，應該是這樣才對，可是左牧現在卻不這麼認為。

若和他猜得一樣，那麼兔子提到的人，應該就是——

「看來正一和我們一樣，對彼此都沒有坦白。」

就算知道這點，也對他們的計畫沒有任何影響。只是讓他更加肯定，正一真的是個不折不扣的爛好人。

「左牧先生，要怎麼做？」

左牧看著兔子在平板上寫的字，垂下眼簾：「暫時不管，我們心裡有數就好。」

就算多出新的問題，也不會影響他們的目的。

他必須想辦法讓所有玩家統一目標，因為只有這樣才能對抗主辦單位。

「無論發生什麼事，你都會保護我的，對吧，兔子？」

兔子用力點頭，清澈的眼眸中充滿自信。

兔子對他的這份信任，將會是讓他順利活下去的關鍵。

——《遊戲結束之前03》完

BEFORE THE END OF THE GAME

# 後記

ゲームが終わる前に

各位好，我是最近還待在趕稿地獄中的努力草。

因為疫情的關係，坑草只能待在家裡玩狗（和電動）。雖然想參加國內旅遊但又有點懶懶的，再加上坑草最近很努力在練第五人格（等等哪裡不對），所以就直接選擇犧牲旅行，滿足自己的宅欲望。希望明年疫情能夠趨緩，坑草就能安心出去旅遊了。

《遊戲》的故事終於來到重要的轉折點，第三集裡面，角色之間的關係又開始產生一點小變化，不變的是左牧的信徒又要增加了，兔子表示很累（喂）。不過，就算左牧身旁的人越來越多，兔子的正宮地位還是不會受到影響的，只是兔子的占有欲會更加明顯而已，我想應該沒有人會想和兔子正面硬搶（笑）。

最近有很多讀者都是因為這部作品而關注坑草，坑草相當感謝大家！《遊戲》是因為坑草很喜歡這類型的題材，才私心去寫的作品，創作過程也相當開心。不過，坑草還在努力練習這類題材，所以，未來還會繼續往這方面努力的（握拳）！

然後就會有更多的坑……（快住手）

謝謝大家關注這部作品，也謝謝大家一直支持坑草。那麼，我們下本後記再見。

草子信ＦＢ：https://www.facebook.com/kusa29

草子信

高寶書版集團
gobooks.com.tw

**輕世代 FW346**

**遊戲結束之前03 - 抉擇禁止 -**

作　　者　草子信
繪　　者　日　々
編　　輯　任芸慧
校　　對　林雨欣
美術編輯　彭裕芳
排　　版　彭立瑋

發 行 人　朱凱蕾
出　　版　三日月書版股份有限公司
Printed in Taiwan
地　　址　臺北市內湖區洲子街88號3樓
網　　址　www.gobooks.com.tw
電　　話　(02) 27992788
電　　郵　readers@gobooks.com.tw（讀者服務部）
pr@gobooks.com.tw（公關諮詢部）
傳　　真　出版部　(02) 27990909　行銷部 (02) 27993088
郵政劃撥　50404557
戶　　名　三日月書版股份有限公司
發　　行　英屬維京群島商高寶國際有限公司台灣分公司
Global Group Holdings, Ltd.
初版日期　2020年11月
四刷日期　2021年 5 月

國家圖書館出版品預行編目(CIP)資料

遊戲結束之前 / 草子信著.-- 初版. -- 臺北市：三日月書版股份有限公司出版：英屬維京群島高寶國際有限公司臺灣分公司發行, 2020.11-
面；　公分. --

ISBN 978-986-361-923-9(第3冊：平裝)

863.57　　109006247

三日月書版

三日月書版

GOBOOKS & SITAK GROUP©

GOBOOKS
& SITAK
GROUP©